TESS Y EL HIGHLANDER

Tess and the Highlander

LA FAMILIA MACPHERSON - 2ND SPANISH EDITION

MAY MCGOLDRICK

with

JAN COFFEY

Book Duo Creative

ENJOY!

Nikoo & Jim

Mary / Jan C

Para Cyrus y Samuel, nuestros propios jóvenes héroes…

Capítulo Uno

La Isla de Mayo, frente al estuario del Forth
Escocia, marzo de 1543

TESS PINCHÓ el cadáver con un palo y se apartó.

Su cabello castaño suelto, ya empapado por la lluvia torrencial, le azotó los ojos cuando se inclinó para observar más de cerca.

No estaba segura, pero el Highlander parecía estar muerto. Tenía el cabello largo, rubio oscuro, enmarañado sobre el rostro. Observó las altas botas de cuero, ennegrecidas por el agua salada. El hombre vestía una camisa rasgada que en otro tiempo debió de ser blanca. Una amplia extensión de tartán, sujeta en un hombro por un broche de plata, se adentraba en la poza de la marea. Del grueso cinturón que sostenía su falda escocesa colgaba un puñal enfundado que golpeaba contra un muslo desnudo.

Una docena de focas la observaban desde las aguas profundas, más allá del oleaje.

Permaneció indecisa junto al cuerpo mientras la tormenta se ponía cada vez más violenta. En todos los años que llevaba en la isla, jamás había visto a un ser humano arrastrado por las olas. Ciertamente, había habido naufragios durante las tormentas en las aguas abiertas, y Auld Charlotte y Garth solían encontrar toda clase de objetos —algunos valiosos, otros sin valor alguno— arrojados a las costas. Pero nunca había aparecido otra persona, al menos no desde que la anciana pareja había encontrado a la propia Tess once años atrás.

Apartando aquellos pensamientos, se arrodilló junto al hombre y colocó una mano vacilante sobre su pecho. Un débil latido bajo la camisa fue la respuesta a sus plegarias... y a sus temores. No deseaba que nadie interfiriera en su isla ni en su vida. Al mismo tiempo, no podía permitir que un ser vivo muriera cuando ella podía salvarlo.

El oleaje se estrelló contra el anillo de rocas que formaba la poza, y la joven se puso en pie. Se alzó la capa de cuero para protegerse el rostro de las punzantes salpicaduras de salmuera arrastradas por el viento. Cuando volvió la vista hacia el cuerpo, la ola había empujado al Highlander hacia el fondo de la poza, sumergiéndole la cara.

Tess soltó inmediatamente el palo y le sacó el rostro del agua. Mirando por encima del hombro, divisó una roca plana al otro lado de la poza. Se alzaba por encima del nivel habitual de la marea. Lo hizo rodar ligeramente hacia adelante y lo asió por debajo de los brazos justo cuando otra ola rompía contra el borde de la poza. El oleaje levantó el cuerpo, y Tess lo arrastró rápidamente por el agua hacia la roca.

Era más pesado de lo que había imaginado. Sin aliento, finalmente logró anclarlo parcialmente sobre la roca.

Auld Charlotte le había contado una vez que la habían encontrado casi ahogada en esa misma poza. El recuerdo centelleó en su mente. Intentó evocar la tormenta, el barco y aquel día, pero hacía mucho que aquellos recuerdos se habían desvanecido en pesadillas. Ahora todo estaba demasiado sepultado en su interior como para recordarlo. Se preguntó si habría sido un día como este.

El puñal del Highlander atrajo su atención, y Tess se agachó rápidamente, extrajo el arma de su vaina y se la metió en el cinturón.

El viento aullaba, y el rocío salino le escocía el rostro. Tess contempló el mar espumoso y gris verdoso, esperando avistar alguna embarcación en busca del Highlander que yacía inconsciente a su lado.

Si venían, no se dejaría ver. No quería que llegaran noticias de su presencia a tierra firme.

Solo tenía seis años cuando el barco se hundió y ella llegó a la orilla. Pero lo poco que se permitía recordar de la época anterior a aquel día era demasiado doloroso. Tess no deseaba volver a enfrentarse a aquel horrible pasado. No había otro lugar donde quisiera estar más que aquí. Esta isla era el único hogar que le quedaba.

Durante once años, la pareja reclusa había mantenido su existencia en secreto. Y ahora, con ambos muertos, solo podía rezar para continuar su vida como antes, sin ser molestada.

Su plan era el mismo que había seguido docenas de veces desde que llegó a esta isla. Cuando existía la posibilidad de que una embarcación pesquera o algunos peregrinos desembarcaran, Garth y Charlotte llevaban a Tess con abundante comida y mantas a las cuevas de la costa occidental de la isla. Allí permanecería a salvo hasta que todo estuviera en calma y los visitantes se fueran.

La única diferencia ahora era que tendría que confiar en su propio juicio sobre cuándo sería seguro salir.

Lista para ponerse de pie, un asomo de curiosidad hizo que Tess se acercara al Highlander y le apartara el cabello mojado del rostro. Al instante se arrepintió de la acción, pues los rasgos del hombre la tomaron por sorpresa. Incluso inconsciente, o tal vez precisamente por ello, era un hombre extraordinariamente apuesto. Frente alta, nariz recta, rostro desprovisto de la barba que había supuesto que llevaban todos los Highlanders. Ni siquiera tenía cicatrices... aún. Solo algunos arañazos y moretones de su tiempo en el oleaje.

Molesta por haberse dejado distraer, comenzó a incorporarse, pero un pie resbaló y tuvo que apoyar una mano en el pecho de él para sostenerse.

Sus ojos se abrieron de inmediato, y la respiración de Tess se detuvo en su pecho. Unos ojos azules del color de un cielo invernal la contemplaban fijamente desde bajo unas largas pestañas oscuras salpicadas de oro. Ella no parpadeó. No se movió. Conteniendo la respiración, permaneció inmóvil durante la eternidad de un instante, hasta que él volvió a cerrarlos.

Se apartó de la roca y corrió tan rápido y tan lejos como le permitieron las piernas.

EL SABOR en la boca de Colin Macpherson era tan repugnante como el de una letrina seca.

Rodó sobre un costado y sintió que el estómago se le revolvía. Intentó incorporarse. No podía ver. Al girarse, la mano de Colin resbaló de la roca fría y húmeda, y cayó en una poza poco profunda, golpeándose las costillas contra la piedra con fuerza.

"¡Maldición!", gimió, poniéndose en pie con dificultad. Sujetándose la cabeza, parpadeó varias veces, intentando limpiarse la arena y la sal de los ojos.

Rocas. Más rocas. Y agua. Y cabezas que se balanceaban. Se apartó una larga mata de cabello enmarañado que le había caído sobre el rostro, obstruyéndole la visión. Intentó enfocar las criaturas que se movían sobre las rocas.

Focas —una docena aproximadamente— lo contemplaban desde las rocas que bordeaban la poza y desde el mar. Sus ojos pardos eran oscuros y vigilantes. La imagen del rostro de una mujer surgió inmediatamente en su mente, y luchó por ponerse en pie. Un par de focas ladraron una advertencia a las que estaban en la orilla.

"¡Hola!", gritó, solo para que el oleaje y el viento le devolvieran el saludo de vuelta al rostro.

Le dolía todo el cuerpo. Le había costado un gran esfuerzo conseguir que las palabras salieran de su garganta en carne viva y arañada, pero Colin volvió a intentarlo. Estaba seguro de que alguien había estado allí momentos antes. ¿O habían sido horas?

"¡Hola!"

Esta vez, el chillido de las gaviotas fue su única respuesta. Aspirando penosamente medio aliento, intentó mover los pies en la poza poco profunda. Se movían, aunque parecían hechos de plomo. Colin solo logró dar tres pasos antes de tener que sentarse en el borde de una roca. El mundo le daba vueltas en la cabeza.

Agua. Rocas. Y a cada lado de la poza protegida, bancos salpicados de rocas con ocasionales parches de algas marinas se alzaban desde el turbulento océano.

La embarcación Macpherson había estado navegando hacia el norte cuando el tiempo empeoró. Sin embargo, no debería haber sido inesperado. El Estuario del Forth era famoso por sus humores caprichosos y cambiantes.

A mitad de camino, a mitad de camino, desde Aberdour. Tiene cincuenta brazas de profundidad. Y allí yace el buen Sir Patrick Spence, con los lores escoceses a sus pies. Bueno, pensó Colin, al menos había llegado a tierra. Dondequiera que estuviera.

El último recuerdo claro que tenía Colin era haber empujado a uno de los marineros para ponerlo a salvo en el pasillo de popa. El muchacho estaba casi inconsciente tras ser arrojado contra las bordas del barco mientras la gran embarcación continuaba escorándose ante la tempestuosa ráfaga de viento.

La tormenta había llegado rápida y violenta, pero la habían sorteado bien. Colin y Alexander, su hermano mayor, estaban junto al segundo oficial en el timón cuando vio caer al joven. El mar que barría la cubierta casi había arrastrado al muchacho por la borda.

Colin luchó contra las náuseas que lo asaltaban. El repugnante sabor salado y a moho volvió a su boca.

Apenas había puesto a salvo al muchacho cuando Colin oyó los gritos del vigía desde arriba. La oscura silueta de tierra apareció a menos de un tiro de flecha a babor. Y entonces la quilla del barco golpeó el banco de arena.

Recordaba haber rebotado violentamente sobre la cubierta, solo para que el mar lo alzara antes de sumergirlo profundamente en la salmuera. Tras una eternidad debatiéndose en las aguas oscuras, finalmente había emergido a la superficie. Lo único que oyó entonces fue el aullido penetrante del viento antes de que otra muralla de agua lo hundiera de nuevo. De algún modo había sobrevivido a todo aquello, aunque no tenía idea de cómo.

Contempló de nuevo a una foca que lo observaba con atención. Por un momento de locura, las leyendas contadas por marineros nublaron su razón.

Una ráfaga de viento gélido que azotó implacablemente las aguas tormentosas lo tranquilizó al instante. Estaba empapado hasta los huesos y helado. Colin logró ponerse en pie y salir de la poza.

Otra imagen de ojos oscuros contemplándolo destelló en su mente. Los ojos de una mujer joven. Ahora recordaba más. Alguien arrastrándolo a través del agua. Apuntalándolo sobre la roca. No había sido una aparición. Colin se protegió del viento y dejó que su mirada recorriera los alrededores.

"*¿Dónde estás?*", gritó por encima del viento. No había ni una embarcación ni una persona, ni siquiera un árbol a la vista, y la pendiente ascendente de terreno rocoso que se alzaba directamente frente a él obstaculizaba la visión de Colin de lo que había más allá.

"¿Dónde?", murmuró para sí mismo.

La embarcación Macpherson había llegado demasiado al norte para que él hubiera tocado suelo inglés. La tormenta no podía haberlos arrastrado tan al este como el continente. Tenía que ser Escocia.

Colin sabía que podía morir de frío una vez que cayera la noche. Tenía que determinar su paradero y encontrar un lugar protegido donde aguardar hasta que pasara la tormenta.

Volvió a contemplar sus alrededores. No podía quitarse de encima la sensación de que lo observaban, y no creía que fueran solo las focas. Sin embargo, no había nadie más a la vista. Buscó el puñal que siempre llevaba al cinto, pero había desaparecido. Tomó una rama sólida de madera flotante y comenzó a ascender la pendiente.

Su caminata fue lenta, pero la distancia era corta. Al alcanzar la cresta de la loma, se sentó sobre una roca que sobresalía entre la hierba alta. Una mirada y reconoció el lugar.

Colin Macpherson había crecido navegando a bordo de embarcaciones. De pie en la cubierta de popa junto a su abuelo, su tío y, últimamente, su hermano mayor, había recorrido esta costa muchas veces a lo largo de los años. Colin conocía cada puerto, cada ensenada, cada isla desde las Shetland hasta Dover al este, y desde Stornoway hasta Cornwall al oeste. Había navegado de Mull a Francia y de regreso una docena de veces. Y conocía la historia de la costa escocesa tan bien como conocía el nombre de su clan.

Estaba en May, una pequeña isla al este del Estuario de Forth. Era bien conocida por los marineros como cementerio de embarcaciones extraviadas. Muchas naves, al pasar demasiado cerca de las rocas dentadas por encima y por debajo de la superficie, habían encontrado su fin a lo largo de su costa occidental. Y los bancos de arena al este eran igualmente mortíferos. Una colina, el punto más alto, se alzaba casi en el centro de la isla. Hacia el oeste, acantilados escarpados se precipitaban hacia el mar. A su derecha, podía ver las extensiones inclinadas de roca y algas marinas que terminaban en el agua. A su izquierda, los muros bajos y los cinco o seis edificios en ruinas de un priorato abandonado.

Saber dónde estaba alivió a Colin considerablemente. Aquí estaba a salvo, y era solo cuestión de tiempo para que Alexander diera la vuelta con su embarcación y viniera a buscarlo.

El viento a sus espaldas se filtraba a través de su ropa mojada, y tembló mientras avanzaba. Se decía que la isla había sido destino de peregrinos religiosos, atrayendo a muchos a través de las aguas año tras año. El priorato, construido siglos atrás, había sido dedicado a un San Adrián, aquí asesinado por merodeadores daneses en tiempos oscuros.

Mientras Colin se dirigía hacia los edificios, recordó haber oído que los monjes habían abandonado la isla antes de la época de su abuelo. Solo vivían aquí ahora un anciano y su esposa, alimentando a los peregrinos ocasionales y encendiendo una gran hoguera durante las tormentas para advertir a las embarcaciones del peligro.

Colin no recordaba haber visto fuego alguno en su único vistazo a la isla antes de ser arrastrado por la borda. Pero tampoco creía que el rostro que había visto, ya grabado en su mente, hubiera sido muy anciano.

Luchó contra la fatiga que se acumulaba a su alrededor como niebla y se acercó a los edificios de piedra del viejo priorato. A su derecha vio una hondonada protegida donde un pequeño rebaño de ovejas se acurrucaba unido contra el viento. Más adelante, no podía distinguir cuál de los edificios decrépitos podría haber albergado a la pareja.

"¡HOLA!", gritó. Al oír su voz, los animales se agitaron y balaron ruidosamente. Colin deseó saber algo más del guardián y su esposa; incluso un nombre habría sido un buen punto de partida. Nadie se mostraba, y los edificios de piedra gris no daban señales de que alguien viviera en su interior.

Cruzando un páramo de hierba que le llegaba a las rodillas, Colin se encontró en una especie de sendero que pasaba junto a una pequeña parcela de tierra protegida del viento occidental por un bosquecillo de pinos bajos y achaparrados por el viento. Los restos de lo que parecían ser jardines del año anterior confirmaban que la pareja aún vivía en la isla.

No fue hasta que hubo pasado la primera hilera de edificios que vio hebras de humo serpenteando desde una chimenea recién construida sobre un edificio achaparrado de dos plantas. Mientras Colin se acercaba, su emoción crecía al ver el estado ordenado del patio protegido.

"¿Hay alguien aquí?", gritó hacia el conjunto de escalones antiguos que se extendían más allá de la puerta.

La falta de respuesta no lo desalentó. El viento aullaba a sus espaldas. Los escalones habían sido barridos recientemente. Una gran pila de madera flotante estaba apilada cuidadosamente al pie de la escalera. Colin aspiró profundamente y comenzó a subir los escalones. Al alcanzar el piso superior, vio las brasas encendidas en el hogar al fondo de la habitación.

Alguien tenía que estar cerca, pero el hecho de que no se mostraran no lo hacía sentir particularmente cómodo.

"No pretendo causar daño", dijo en voz alta, contemplando las lonchas de pescado ahumado y los largos bucles serpenteantes de conchas que colgaban de las vigas bajas. Su mirada recorrió cada rincón y grieta oscuros. La tenue luz que entraba por las estrechas aberturas en las paredes se sumaba a la débil luz del hogar, pero hacía poco por ayudar a iluminar la habitación. "Fui arrastrado de mi embarcación durante la tormenta".

Entró cautelosamente en la habitación. Una red rasgada, a medio remendar, yacía junto a una pequeña pila de huesos de ballena blanqueados. Algo crujió bajo sus botas. Miró hacia abajo. Por toda la habitación se podían ver conchas marinas de todos los tamaños y descripciones, y una pequeña colina de ellas se alzaba sobre una piel de oveja en el rincón, junto a un pequeño telar.

El fuego crepitó y chisporroteó en el hogar, atrayendo nuevamente su atención. Notó el caldero colgando sobre el fuego. La cena de alguien. "Creo que alguien... tal vez fuiste tú... me sacó del agua".

Una cosa que recordaba haber oído sobre la pareja de ancianos que vivía en la isla era que nunca habían sido particularmente hospitalarios. Pero tampoco habían temido a los pescadores o marineros que llegaban a sus costas.

"Mi gente volverá pronto por mí". Habló más alto esta vez, contemplando la escalera apoyada contra una pared. Cerca de ella, una línea de tablas oscuras a través de las vigas creaba un área de desván arriba. "Necesito que me prestes una manta... tal vez algo de comida... y te compensaré por ello".

Subió la escalera y se asomó a la oscuridad del gran espacio abierto arriba. La habitación parecía utilizarse para almacenamiento.

"Hola". No había nadie aquí arriba.

Colin bajó nuevamente por la escalera y contempló el mar a través de la estrecha abertura de una ventana. La tormenta aún soplaba con fuerza, y apenas podía ver más allá de la línea costera. Solo podía imaginar cuán alterado estaría Alexander en este momento. Pero no había forma de venir por él esta noche o con este clima.

Resignado a pasar la noche afuera, Colin se acercó a una gruesa manta de lana que reposaba en un estante junto al hogar. Al tomarla, algo que había estado doblado dentro de la manta cayó al suelo. Se agachó y contempló un pequeño bulto de remiendos a sus pies. El intrincado ribete de encaje en una gorra blanca de niño captó su atención primero. Tocó la suave tela de lana de un vestido. Perplejo, frunció el ceño ante el delantal de lino de un niño y nuevamente ante la gorra que había visto primero. Tomó los artículos uno por uno y los examinó atentamente, preguntándose por qué dos ancianos conservarían tales cosas.

Volvió a contemplar la habitación. Había un cuenco de madera cerca del hogar y una cuchara. En el suelo, en un rincón, había un pequeño lecho de paja, adecuado para una persona, y mantas. Tocó el vestido nuevamente. Los ojos oscuros de una mujer contemplándolo volvieron a destellar en su mente. Colin envolvió con cuidado el fardo de ropa infantil en la manta y lo devolvió al lugar donde lo había encontrado.

Poniéndose en pie, tomó la manta de lana más gastada que vio doblada junto al lecho y se la echó sobre los hombros. Con una mirada más alrededor, descendió las escaleras y salió a la tormenta.

ADEMÁS DEL TEMBLOR que se había apoderado de los miembros de Tess, ahora le castañeteaban los dientes y no podía controlarlo. Tenía la ropa empapada por los esfuerzos realizados para sacar al hombre de la poza. Tenía la piel húmeda y un frío que la helaba hasta los huesos. La capa de cuero le ofrecía cierta protección contra la lluvia torrencial arrastrada por el viento, pero su cuerpo parecía incapaz de producir calor mientras yacía boca abajo sobre las rocas al oeste del priorato.

Los ojos de Tess se entornaron cuando el Highlander finalmente emergió de su casa.

Había esperado poder entrar y tomar una manta o dos y algo de comida antes de huir a las cuevas del lado occidental de la isla. De hecho, era mucho más que una esperanza, se corrigió. *Tenía* que conseguir algunas provisiones antes de retirarse allí. Quién sabía cuánto tiempo la obligaría la tormenta a permanecer oculta o cuántos días pasarían antes de que regresara la gente del Highlander.

La noche estaba dejando caer rápidamente su oscuro manto sobre la isla. Sin embargo, la tormenta parecía haberse liberado de sus ataduras. Ahora azotaba la isla con una furia diez veces mayor que antes. Una lluvia helada caía a intervalos. No era una noche para estar a la intemperie.

Él estaba encendiendo una hoguera. Lo vio regresar hacia su casa un par de veces. Cada vez que volvía cargado de algas secas y trozos de madera flotante que ella había recogido diligentemente, se sentía cada vez más furiosa. Y por si fuera poco, estaba construyendo su hoguera dentro del área protegida por los muros del priorato.

Un muro de piedra en pie servía de cortavientos. El lugar mantenía alejada la lluvia. Allí estaba él, seguro y cálido. Pero tampoco había posibilidad de que ninguna embarcación que pasara viera su fuego.

Y lo que era peor, lo estaba construyendo donde ella no podría entrar en su casa sin ser vista por él.

Debería haberle dejado tragar más agua de mar.

LAS LLAMAS, chisporroteantes y crepitantes, se alzaban hacia lo alto de la noche. La ropa de Colin ya estaba prácticamente seca. Su tartán, con la capa añadida de la manta que había tomado prestada de la casa, lo protegía de lo peor de la lluvia.

Se sorprendió al descubrir que incluso le estaba entrando hambre. Consideró por un momento la comida que había visto en el edificio del priorato. Haciendo un último viaje, entró y se acercó al hogar, tomando la cuchara de madera que había junto al caldero aún humeante. Sin embargo, un bocado del espeso brebaje de sabor amargo le retorció el estómago. Colin salió corriendo, tragando bocanadas de aire fresco y salado para evitar que se le revolvieran las entrañas.

Se le había quitado el apetito, muy probablemente para siempre, y regresó al fuego. Incluso mientras caminaba, podía sentir los ojos de alguien observándolo desde la oscuridad. Se instaló junto al muro para pasar la noche y pensó en las viejas historias de focas que se convertían en mujeres.

***

TESS DESPERTÓ SOBRESALTADA. No sabía cuánto tiempo había permanecido tendida sobre las frías rocas. Aún era de noche y la tormenta continuaba sin amainar. Tenía los miembros rígidos y entumecidos. El castañeteo de sus dientes era como un trueno que retumbaba dolorosamente en su cabeza. En algún momento, pensó, debía de haberse quedado dormida. Pero no estaba segura.

Levantar la cabeza de la roca requirió un esfuerzo que la sorprendió. Echó hacia atrás la capucha de la capa de cuero para poder ver mejor. La lluvia helada continuaba azotándola, pero el fuego del Highlander seguía ardiendo abajo. En el círculo de luz que lo rodeaba, pudo ver su forma dormida, acurrucada contra la pared. Debía de estar muy cómodo envuelto en *su* manta, pensó con resentimiento.

Miró hacia la puerta de su casa y de nuevo hacia el Highlander. La luz del fuego no alcanzaba la entrada del edificio. Él parecía haberse dormido de espaldas a ella, de todos modos.

Su primer intento de ponerse en pie fue rechazado por sus músculos rígidos y medio congelados, pero su segundo esfuerzo tuvo más éxito. Abriéndose paso cuidadosamente entre las rocas, descendió, rezando para que el castañeteo de sus dientes no lo alertara.

Había otras cosas de las que preocuparse además de la tormenta. Tess recordó las advertencias de Auld Charlotte sobre marineros y pescadores... sobre todos los hombres. Con excepción de Garth, no existía un solo varón en el que Tess pudiera confiar. La anciana había sido tajante al respecto. Y había continuado predicando la lección incluso en su lecho de muerte.

Si esos perros inmundos encuentran a una jovencita bonita como tú en esta isla desierta, todos estarán pensando lo mismo, muchacha. Se derrumbarán unos a otros, compitiendo a ver cuál de ellos va ponerte las manos encima primero. Pero no dejes que te toquen, Tess. Pelea contra ellos, niña, ¿me oyes? Mejor aún, ve y escóndete y no dejes que ninguno de ellos te vea.

Tess rodeó el área, manteniéndose en las sombras y agachándose mientras avanzaba por el bajo muro de piedra que circundaba las ruinas del priorato. Mientras tanto, no perdía de vista la forma dormida del hombre y consideraba lo que necesitaba hacer.

La puerta crujió ligeramente al empujarla para abrirla. Miró hacia el Highlander. No se había movido.

Tan pronto como cerró la puerta tras de sí, se quedó en la oscuridad y se quitó la capa empapada. Tanteando la clavija familiar, colgó su capa y se dirigió hacia las escaleras. Después de tantas horas en el frío, sus rodillas protestaron al intentar subir los escalones, pero se obligó a continuar.

Comida. Ropa seca. Mantas. Pedernales. Se preguntó si la pila de algas y madera flotante que había recogido y almacenado en una de las cuevas un año atrás seguiría allí. Cuando alcanzó el rellano, Tess vio que quedaba algo del resplandor rojizo del fuego moribundo en el hogar. El caldero colgaba donde ella lo había dejado.

No había nada que Tess deseara más que secarse y calentarse primero. Sin embargo, en su prisa por llegar al fuego, resbaló y casi se cayó sobre algunas conchas que el Highlander debía de haber movido. Recuperó rápidamente el equilibrio y se dirigió con más cautela por la habitación.

El calor de las brasas le resultaba celestial después de pasar horas en el frío húmedo y amargo. Se acuclilló junto al hogar y añadió algunas algas secas y un par de pequeños trozos de madera flotante que había cerca. Mientras esperaba a que el fuego se encendiera y cobrara vida, presionó las manos contra los costados del caldero y casi suspiró de placer por su calor.

"Yo que tú no comería nada de eso".

Capítulo Dos

La joven se puso en pie de un salto y se volvió con la agilidad de un gato. Colin contempló su propia daga, desenvainada y lista en la mano de ella.

"Creo que ese puñal me pertenece", dijo con calma.

Ella le hizo un gesto con el arma que él entendió como una orden de retroceder. No quería asustarla más de lo que estaba, pero no podía alejarse más. Sentado en la penumbra contra la pared del fondo, la había visto entrar, solo para resbalar con algunas de las conchas marinas que abarrotaban la habitación. Había tenido suerte de no partirse la cabeza.

"¿Por qué no bajas esa arma?" Se apoyó despreocupadamente contra la pared.

Ella alzó un poco el codo, lista para atacar, y dio un paso hacia las escaleras.

Colin apartó la mirada de la daga y estudió el resto de su figura. Era la misma mujer que había visto junto a la poza de marea. Los mismos ojos oscuros centelleaban a la creciente luz del fuego. Pero tenía el rostro manchado de barro, y a la tenue luz de la habitación solo podía distinguir que era joven... bueno, más joven que él. Su cabello oscuro estaba empapado, y una trenza suelta le caía sobre la espalda como una gruesa cuerda. El vestido de lana que sin duda había hilado, tejido y cosido ella misma también estaba empapado. Era una criatura menuda, y Colin sabía que podría dominarla si realmente lo deseara. Pero a pesar de su demostración de fiereza, estaba temblando y pálida. Colin frunció el ceño, sabiendo que por su culpa se había visto obligada a permanecer a la intemperie.

"No tenía intención de asustarte."

Alzó ambas manos para que ella pudiera ver que no portaba armas. Ella continuó avanzando hacia los escalones. Colin pudo ver que no se sostenía muy firmemente sobre sus pies. Se irguió apartándose de la pared. La tormenta continuaba silbando a través de las rendijas de las ventanas.

"Escucha, tú misma me rescataste. Sabes que fui arrastrado hasta la orilla. Solo." Mantuvo un tono suave. "Seguramente te congelarás hasta morir con este tiempo, vestida con esa ropa mojada."

Su pie se deslizó bajo ella al resbalar nuevamente con las mismas malditas conchas, y Colin acortó la distancia entre ellos. Sin embargo, antes de que pudiera ofrecerle ayuda, ella rodó hacia un lado y le asestó un tajo con el puñal.

"¡Demonios!", maldijo, observando la manga rota de su camisa donde la daga había atravesado la tela. Su tono reflejaba su creciente mal genio. Por poco no le había cortado la carne. "Te dije que no pretendía hacerte daño."

Ella luchaba por ponerse en pie, pero él ya había dejado de intentar ayudarla. Dando un paso rápido, Colin le quitó la daga de la mano de una patada. El arma resonó estrepitosamente contra la pared de piedra.

"Pero no puedes esperar que me tome a bien que alguien me robe el puñal y lo use contra mí." La asió por la parte posterior del vestido y tiró de su delgada figura para ponerla en pie. Era tan liviana e indefensa como una muñeca de trapo. La hizo girar en su brazo para poder contemplar mejor su rostro. No había pronunciado ni una palabra. Tal vez no entendía lo que él decía. "Empecemos desde el principio, muchacha."

Ella le propinó una fuerte patada en la tibia.

"¡Por todos los diablos!" Le apretó el hombro con más fuerza. "Te dije..."

Ella le asestó un golpe de refilón en el rostro e intentó apartarse de él. Enojado, le retorció un brazo por detrás y la atrajo bruscamente contra su cuerpo. Los ojos oscuros le echaban fuego y parecía dispuesta a morderlo si tenía la oportunidad.

"Escucha, no sé qué te tiene tan..."

La rodilla de ella conectó sólida y despiadadamente con su ingle. Él jadeó y sus manos la soltaron.

Mientras Colin intentaba recuperar el aliento, la vio correr escaleras abajo y oyó abrirse la puerta de golpe. De repente, había perdido todo interés en perseguirla. Era una bruja, un demonio, una demente.

No obstante, ella había logrado sacarlo del agua, y sintió una punzada de culpa.

Haciendo una mueca de dolor, se obligó a incorporarse y dio un paso. Cojeando escaleras abajo, divisó la capa de cuero que aún colgaba de una clavija. Era la misma que llevaba cuando la había visto por primera vez. Salió al exterior. Su fuego comenzaba a languidecer. El bulto de mantas y palos que había usado para engañarla seguía contra la pared. La tormenta continuaba azotando la isla, y él se preparó contra el viento. Colin dejó que su mirada recorriera los edificios en ruinas y las colinas circundantes. A su izquierda, vio una sombra oscura moverse rápidamente sobre la cresta de una colina.

"¡Espera!" Salió tras ella. ¡La muy tonta! Estaba seguro de que no había más edificios en la isla. Fría y mojada como ya estaba y sin ningún tipo de refugio, seguramente perecería si pasaba la noche a la intemperie con este clima.

Al alcanzar la cima de la colina donde la había visto por última vez, contempló con frustración el terreno salvaje y oscuro que lo rodeaba. El rugido de la tormenta solo era igualado por el estruendo del oleaje a la distancia. El aguanieve le punzaba el rostro y apenas podía ver. No tenía idea de dónde había desaparecido.

"¡Por San Andrés, te dije que no pretendía hacerte daño!", gritó hacia la noche.

Aun así, no estaba dispuesto a rendirse, aunque no podía ver mucho más allá de su siguiente paso. El suelo brillaba por la lluvia. Saltando desde la saliente de una roca, Colin continuó adelante.

Tenía que ser hija de la pareja reclusa de la que había oído hablar. Pero recordaba haber escuchado que eran muy ancianos, y ella muy joven. Y luego estaban los remiendos que había encontrado en la habitación: el vestido y la toca de niña. Su curiosidad se despertó.

No temía perderse. Podía ver la luz de su fuego reflejándose en las paredes de los edificios del priorato. De lo que debía cuidarse era de los acantilados al oeste. Un paso en falso allí y caería cuarenta pies hacia el oleaje y las rocas.

Y algo le decía que su hermosa anfitriona probablemente no volvería a sacarlo.

Colin tropezó con un montículo de piedra y conchas. Se detuvo abruptamente y miró hacia abajo. Justo delante de él había en realidad dos montículos, uno junto al otro. Agachándose ante ellos, pudo distinguir un manto de conchas cuidadosamente dispuestas con grandes piedras lisas apiladas encima.

Tumbas. Dos de ellas.

Bueno, al menos sabía dónde había ido a parar la pareja de ancianos.

MIENTRAS TESS se abría paso por el acantilado hacia afuera, el viento que fustigaba las rocas casi la derribó de la estrecha cornisa media docena de veces. Una vez, al avanzar por una saliente particularmente angosta, su pie resbaló sobre una superficie helada. Tess se aferró desesperadamente a las rocas resbaladizas, logrando de algún modo evitar caer al mar espumoso. Unos momentos después había llegado a su destino, solo para darse cuenta de que todo había sido en vano.

La marea estaba demasiado alta. Nunca había visto el agua subir tanto por la pared del acantilado. Las olas se estrellaban por encima de la abertura de su cueva. El sendero al costado de la abertura estaba completamente sumergido. Era inútil. No podía entrar.

Si hubiera podido entrar, conocía bien el panal de cuevas. Adentro, algunos de los pasadizos subterráneos ascendían. Incluso durante las mareas más altas, había lugares secos donde podía refugiarse. Estaría a salvo.

Desesperada por ponerse a salvo, consideró saltar al mar e intentar nadar hacia adentro. En muchas de las cuevas más bajas, había visto a las focas jugando y cabalgando el oleaje hacia las cavernas.

Tess se volvió y comenzó a trepar de regreso por las rocas por donde había venido. Agradeció que su miserable condición física no hubiera afectado su estado mental. Golpearse la cabeza contra las rocas o que la marea arrastrara su cuerpo mar adentro no era solución a su predicamento. La pelea con el Highlander le había dado una oleada temporal de fuerza, pero cuando finalmente se encaramó sobre la saliente, supo que ya no le quedaba nada más.

Había dicho que no pretendía hacer daño. Pero Charlotte también le había advertido sobre las mentiras.

Él era más grande. Era más fuerte. Era más rápido.

Era un Highlander.

Solo eso le daba a Tess razón suficiente para desconfiar de él.

Exhausta, apenas logró descender a una hendidura entre dos rocas.

Aún estaba expuesta al aguanieve y la lluvia, pero al menos estaba protegida del viento.

***

COLIN ESPERÓ hasta que las primeras luces del amanecer iluminaran el cielo antes de salir a buscarla nuevamente. Aparte de encontrar las tumbas, nada bueno había resultado de su último intento. Pero esta vez estaba determinado a encontrarla y traerla de vuelta. Había hecho mucho frío la noche pasada. Con suerte, aún estaba viva.

El aguanieve había cesado, pero nubes grises carbonizadas continuaban bloqueando el cielo. Sin embargo, el viento parecía haber arreciado aún más.

Colin partió en la misma dirección en que la había visto ir la noche anterior. Desde allí, bajó al valle que atravesaba la isla y subió la siguiente colina, la más alta de todas. De pie en la cima, podía ver con claridad toda la isla, incluidas las dos formaciones rocosas en los extremos, conocidas como North Ness y South Ness. Sus ojos recorrieron el mar agitado hasta el horizonte, pero no había rastro de embarcaciones por ningún lado.

La Isla de May era mucho más larga que ancha. Y había tenido razón la noche anterior. No había otros edificios. Muy pocos árboles siquiera. Ningún lugar donde una mujer obstinada pudiera haberse refugiado durante la noche. Pero tenía que estar en alguna parte.

Colin intentó imaginar qué haría él en su lugar. La respuesta era simple. Se habría quedado quieto y habría escuchado qué tenía que decir el extraño.

Mujeres.

Volvió a enfocar sus pensamientos en dónde podría haber ido. La costa oriental consistía en pendientes pedregosas que descendían gradualmente hasta la orilla del mar. Una poza aquí y allá apenas ofrecían lugar para esconderse y no mucho refugio. La costa occidental, por otro lado, ofrecía una posibilidad. Dirigió sus pasos en esa dirección.

Las esperanzas de Colin se alzaron cuando alcanzó los acantilados altos y escarpados con sus salientes filosas y grietas profundas. Asomándose por encima, contempló hacia abajo la pared rocosa y observó las muchas aves marinas navegando a lo largo de la línea de acantilados, planeando y a veces posándose en las salientes. A veces desaparecían de su vista. Si estaban anidando aquí, supuso que podría haber cualquier cantidad de cuevas en estas rocas.

Solo podía esperar que ella hubiera encontrado algún lugar protegido del aguanieve y el frío durante la noche.

Comenzó a moverse hacia el norte a lo largo de los acantilados, buscando un lugar para descender con seguridad.

Momentos después, Colin vio entre las rocas distantes mechones de cabello oscuro ondeando salvajemente en el viento. Se apresuró hacia ella.

Yacía acurrucada en una hendidura poco profunda entre dos rocas. Por un momento, pensó que podría estar muerta. Se arrodilló junto a ella, le apartó el largo cabello y le tocó el costado del cuello. Su piel estaba helada, pero pudo sentir un pulso débil. La sacó del agujero y la tomó en sus brazos. Ella murmuró algo ininteligible e intentó apartarlo.

"Te llevaré de vuelta a tu casa."

Hizo otro intento débil de apartarse de él, pero estaba claramente exhausta. Cesó su lucha y se desplomó lánguidamente contra él. Alzándola en sus brazos, Colin se puso en pie.

"Pero te advierto, muchacha. No más atacarme con mi propia arma. No más patadas. No más peleas. No más intentos de despojarme de mi hombría." Comenzó a caminar hacia el priorato. Era ligera, pero Colin no había olvidado el valor que había mostrado al enfrentarse a él la noche anterior. "Y no más huir, tampoco."

Ella murmuró algo nuevamente y metió la mano dentro de su camisa. Sus dedos estaban helados.

"No sé cuánto tiempo vamos a estar juntos de esta manera, pero será mejor que te acostumbres a tenerme cerca."

Moviéndose ligeramente, le rodeó el cuello con los brazos y presionó su rostro contra la piel expuesta de su cuello. Su mejilla era suave como seda fría.

"Y haré lo mejor que pueda... para acostumbrarme a ti también", terminó con voz ronca.

Tess intentó hundirse más profundamente en el suelo, pero algo se lo impedía. El viento era más fuerte y frío. Algo la estaba alejando. Tenía tanto frío. Tenía que hundirse más profundo para mantenerse cálida. Estaba justo allí, tan cerca. No podía soportar separarse de ello, pero la estaban alejando. Se aferró con más fuerza.

"Necesitas soltarme, muchacha."

Sacudió la cabeza. Las palabras fueron pronunciadas muy cerca de su oído. Era una voz profunda. Era la voz del Highlander. Intentó enterrarse más profundamente bajo las piedras. Tenía que esconderse de él.

"No puedo ser de mucha ayuda contigo envuelta a mi alrededor de esta manera."

Envuelta a mi alrededor. Envuelta a mi alrededor. Ella no sabía de qué estaba hablando. Estaba envuelta alrededor de un trozo de roca. Se aferró con más fuerza. Se estaba calentando. Si tan solo pudiera aferrarse con suficiente fuerza...

"No es que me esté quejando. Pero estás fría y mojada y... y supongo que necesitamos quitarte esta ropa antes de que te dé fiebre."

Envuelta a mi alrededor. Las palabras finalmente estaban penetrando. Se obligó a abrir los ojos y se encontró contemplando los músculos lisos del cuello de un hombre. Levantó la cabeza de un hombro ancho y miró hacia unos ojos del color de un mar azul turbulento. Su rostro estaba tan cerca del de ella. Nebulosa y confundida, estudió cada aspecto de su rostro cincelado. Al mismo tiempo, se dio cuenta de que sus pies no tocaban el suelo. Su peso estaba siendo sostenido por un par de brazos fuertes. Una calidez desconocida se filtró a través de ella, y su mirada se posó en su boca. Un atisbo de sonrisa tiró de los labios llenos.

"Así que has decidido volver en ti."

"Tú... *no*... me... vas a quitar esta... ropa."

Su expresión se volvió sombría. "Me temo que no me has dejado otra opción."

Ella comenzó a forcejear en sus brazos. "Déjame... ir. ¡Déjame... ir! *¡Déjame ir!*"

Inmediatamente, la dejó caer sobre su lecho, arrancándole un grito agudo cuando cayó. Ella le dirigió una mirada ceñuda.

"No... tenías que... dejarme caer." Separada de su calor, sintió los escalofríos recorriéndola nuevamente. La piel de su rostro estaba rígida. Sus ojos hinchados y secos. Intentó tirar de una manta de debajo de ella y cubrirse, pero sus manos apenas respondían. No podía mover los dedos. Lo vio alejarse de ella hacia el hogar. Agachándose, comenzó a avivar el fuego. Indefensa ante la inutilidad de sus miembros, apoyó la cabeza sobre la cubierta y llevó las rodillas al pecho. Estaba tan cansada. Sintió ganas de llorar, pero luchó contra el impulso. "Hace frío aquí... dentro. Hace mucho... mucho frío."

"Pronto estarás cálida."

El Highlander puso otra pieza de madera en el fuego. En un momento las llamas estaban chasqueando y siseando, y él se levantó y se acercó a ella.

Se agachó junto a Tess y metió los bordes de la manta alrededor de sus piernas. "Me alegra que al menos entiendas lo que te estoy diciendo." Sus dedos fuertes comenzaron a quitarle los zapatos toscamente hechos. Tess estaba demasiado débil para protestar. Cuando se los quitó, se dio cuenta de que no tenía sensación en los dedos de los pies.

"Soy Colin Macpherson. ¿Tienes nombre?"

Ella contempló la piel pálida de sus pies mientras las manos grandes de él los envolvían.

"Nos preocuparemos por tu nombre después." Miró alrededor de la habitación. "*Necesitamos* quitarte esa ropa mojada." Alcanzó otra manta que yacía al pie de su lecho y la metió alrededor de sus pies descalzos. "¿Crees que puedes manejarlo por ti misma?"

Ella asintió débilmente. Pero el fuerte castañeteo de sus dientes hacía imposible que Tess hablara con claridad. "R-ropa... seca."

"¿Dónde?" Miró alrededor nuevamente y luego siguió la dirección de su mirada hacia la escalera y la abertura arriba. Ella asintió cuando él la señaló.

Dejándola, cruzó la habitación y subió a través del agujero hacia el área bajo el techo.

Contemplando fijamente sus piernas mientras desaparecía en los aleros, Tess se dio cuenta de que ya no le temía. El hombre no tenía que haber venido tras ella. No tenía que haberla traído de vuelta. Pero lo había hecho. Logró desabrochar los cordones de su vestido en el frente. Sus dedos estaban torpes, y su piel realmente dolía mientras se quitaba las capas empapadas y se arrastraba bajo la manta. Sintió la intensa fatiga pesando sobre ella nuevamente. Y hacía tanto frío. Solo quería irse a dormir y olvidarse de todo.

Llevando las rodillas firmemente contra su pecho, cerró los ojos.

Delgados rayos de luz de varias grietas en el techo cortaron a través de la neblina tenue. Agachándose junto a la abertura por la que había subido, Colin miró con perplejidad el gran espacio abierto. Ayer, cuando había mirado hacia arriba, pensó que era solo una habitación usada para almacenamiento. Ahora se le ocurrió que el desván era un verdadero tesoro... si uno consideraba que la chatarra era un tesoro.

Pero también era el depósito más organizado que había visto jamás.

Colin no podía ponerse completamente en pie bajo el techo bajo e inclinado y, mientras se movía cuidadosamente en la penumbra, se agachó bajo las cuerdas que habían sido tendidas de una pared a la otra.

Cientos de objetos desechados, si no más, estaban apilados en el suelo en hileras ordenadas. Una flauta agrietada. Un casco oxidado de un diseño que nunca había visto. Una botella de peregrino que parecía utilizable. Un mortero sin la mano de mortero. Algún tipo de estandarte de clan con todos los colores desvanecidos. Una cota de malla oxidada. La mayoría parecían cosas que podrían haber sido arrastradas a la costa desde embarcaciones hundidas.

De repente, Colin recordó a la joven que temblaba abajo y dejó su examen de esta habitación para otro momento.

Contra una de las paredes del extremo, divisó pilas cuidadosamente dobladas de lo que parecían ser mantas de lana antiguas junto a un baúl marino gastado. Un par de capas de lana apolilladas reposaban sobre el arcón. Las puso a un lado, empujó para abrirlo y contempló su contenido.

En la parte superior, una cruz de oro elaboradamente labrada, incrustada con joyas brillantes, captó su atención. La pieza era magnífica. La tomó y la examinó. La cruz colgaba de una cadena de oro corta. Su longitud solo era adecuada para un niño. Recordó las piezas de costura que había visto abajo anteriormente. Reemplazando cuidadosamente la cruz, contempló los zapatos delicados de una niña pequeña. Junto a ellos yacían dos peines pequeños. Había otros artículos en el cofre, pero sus pensamientos se dirigieron nuevamente a la muchacha empapada en la habitación debajo de él. Dejó todo como lo había encontrado y cerró el cofre.

Mirando alrededor, divisó dos vestidos de mujer colgando de un par de clavijas. Colin tomó uno de ellos y se dirigió hacia la escalera antes de detenerse. Regresando, tomó algunas de las mantas de lana y una de las capas también.

Para cuando descendió, el fuego había eliminado lo peor del frío de la habitación.

"Espero que esto sirva. No fue tarea fácil encontrarlo ahí arriba entre toda la..."

Sus palabras se cortaron. La ropa mojada había sido arrojada junto a la cama, y la joven parecía estar profundamente dormida. Colin era muy consciente de lo que demasiadas horas en el frío podían hacerle a una persona. Abastó el hogar con más madera flotante y se acercó nuevamente a su lado. Le tocó la frente. Aún estaba muy fría, y su respiración le pareció superficial y laboriosa.

"Puedes ponerte este otro vestido tú misma... cuando estés lista."

Extendió las mantas adicionales sobre ella y puso el vestido seco a su alcance.

Colin apartó los mechones húmedos de cabello de su rostro y, por primera vez, realmente la contempló. Largas pestañas oscuras descansaban contra la piel suavemente besada por el sol. Contempló la perfecta simetría de ojos que recordaba eran grandes y oscuros. Tenía una nariz recta y labios llenos. Con su espesa melena oscura fluyendo sobre sus hombros, Colin podía imaginar que se vería como una sirena. Era joven, pero muy hermosa, y no podía entender qué diablos estaba haciendo en esta isla.

Colin la vio estremecerse nuevamente. Suavemente, tocó la piel suave de su rostro para asegurarse de que se estaba calentando. Ella rodó hacia su lado y tomó su mano entre las suyas y apoyó su mejilla sobre ella. El gesto simple lo hizo sonreír.

"Cómo desearía saber tu nombre, muchacha."

"Tanto frío", susurró débilmente en su sueño, intentando tirar su mano cálida bajo la manta.

Él desenganchó su mano de la joven y en su lugar la arropó más firmemente con las cobijas.

"Soy un hombre, mi hermosa isleña, y hay límites en la moderación de un hombre."

Sus escalofríos empeoraban en lugar de mejorar.

"Sería mejor que dejaras de desafiar todo lo que digo."

Sacudiendo la cabeza, se inclinó y la empujó más cerca de la pared. Luego, con un profundo suspiro de resignación, Colin se recostó encima de las mantas y se acurrucó contra ella.

"No sé si obtendrás algún calor de mi cuerpo de esta manera, pero esta es toda la ayuda que estoy dispuesto a ofrecer." Cruzó los brazos sobre su pecho y contempló fijamente el techo ennegrecido arriba. "Y ni una palabra de esto a los hombres que regresen por mí, ¿entiendes? No debes decir nada sobre que estoy recostado aquí a tu lado contigo toda... toda desnuda bajo esta manta. Y absolutamente *nada* sobre lo condenadamente caballeroso que he sido."

Ella hundió su nariz fría en el hueco de su cuello.

Colin rodó hacia ella y atrajo a la mujer envuelta firmemente hacia él, envolviéndola en su calor. "Tengo una reputación que proteger. Así que nada de esto debe salir a la luz. ¿Me escuchas, muchacha?"

Ella no dijo nada en acuerdo, pero tampoco lo contradijo.

Un muy buen comienzo, pensó.

Capítulo Tres

"Está vivo. Lo sé", dijo Alexander Macpherson con firmeza a los dos marineros que se preparaban para llevar las noticias del percance de su hermano menor por tierra a la familia en el castillo Benmore. "Diles eso".

La embarcación, aún zarandeada por los fuertes vientos y la lluvia punzante, se tensaba contra su ancla en el puerto de Anstruther, en la costa de Fife. Habían tenido suerte cuando se produjo una leve tregua en la tormenta hacia medianoche. Refugiándose en el puerto árido y azotado por el viento, Alexander había estado caminando de un lado a otro sobre la cubierta toda la noche, maldiciendo la tormenta que lo mantenía cautivo.

Sin embargo, solo porque su embarcación estuviera atrapada, el capitán no iba a permanecer ocioso. Alexander ya había enviado una docena de hombres a pie y a caballo hacia el norte y otra docena más hacia el sur con instrucciones de rastrear todas las playas y ensenadas desde Fife Ness hasta Kincraig. Pero el área que se estaba registrando era solo una pequeña franja comparada con la línea costera al sur del Estuario de Forth, y necesitaría más hombres para ampliar la búsqueda. Encontraría a su hermano.

Mientras los dos mensajeros descendían al pequeño bote que los llevaría a tierra y a los caballos que esperaban, uno de los oficiales de la embarcación se dirigió al pequeño grupo reunido junto a la barandilla. "Por mi parte, nunca he visto mejor nadador que el joven Colin."

Alexander entendió que las palabras se decían tanto por su bien como por el de cualquier otro.

"Cierto", dijo otro. "Ese mar podría haberlo llevado fácilmente hasta Leith."

"Conociendo lo ansioso que estaba el muchacho por terminar con esa gente de St. Andrés", añadió un viejo marinero, "apostaría a que ha nadado hasta Dundee. Seguramente el joven diablo está sentado ahora frente al fuego en el Cock 'n' Crown, con una jarra de cerveza en la mano y una muchacha en las rodillas."

"Querrás decir en *ambas* rodillas." El otro lo corrigió. "Por la forma en que las muchachas se lanzan sobre el muchacho..." El marinero hizo una pausa, sacudiendo la cabeza con asombro. "Lo que dice el joven Colin es cierto: ¿por qué conformarse con una cuando puedes tenerlas a todas?"

Mientras los hombres reían nerviosamente, Alexander contempló el mar golpeado por la tormenta a través del puerto. Deseaba poder tener tanta certeza. Deseaba que Colin estuviera aquí ahora.

Su oficial le puso una mano en el hombro. "Lo encontraremos, mi señor. Es el destino de un marinero terminar sus días en el mar, pero el tiempo del joven Colin no ha llegado todavía. Estoy seguro."

El capitán frustrado maldijo silenciosamente la tormenta. Aunque continuaría enviando a sus hombres a rastrear la costa, sería mucho más fácil navegar arriba y abajo de la costa en su búsqueda.

"Mientras estemos atrapados en este puerto desolado, desembarcaré para unirme a la búsqueda hacia el sur. Envía a alguien tras de mí si recibes noticias de los otros."

"Sí, mi señor."

Mientras Alexander pedía un bote, trató de rechazar la voz molesta en su cabeza que seguía diciéndole que tal vez no estaba haciendo lo suficiente. Pero entonces, quizás todo esto fuera en vano. Quizás Colin estuviera verdaderamente perdido en el mar.

No. No estaba preparado para enfrentar tal posibilidad. Su hermano tenía demasiada vida en él, demasiada lucha, para morir de esa manera.

Su primer pensamiento consciente fue la realización de que tenía calor.

Se acurrucó en la comodidad familiar de su lecho. Cálido y seco. Tess exhaló profundamente. Podía escuchar el sonido del viento y la lluvia contra las paredes, y el mar tormentoso a la distancia. Se levantaría en un momento y vería sobre conseguir algo de comer. Sí, tenía hambre y sed, y necesitaba aliviarse. Solo un momento más, pensó, estirando sus músculos bajo la manta, saboreando el calor encantador que la rodeaba. Sus piernas chocaron contra algo duro.

Tess abrió los ojos y se congeló, demasiado aturdida incluso para respirar. A unas pulgadas de su rostro podía ver la boca y el mentón del Highlander dormido. Los dos yacían juntos en el lecho estrecho. ¡En *su* cama! Uno de los brazos delgados y musculosos del hombre descansaba sobre su hombro desnudo. Había estado usando su otro brazo como almohada. Podía sentir su cálido aliento acariciando su frente.

Y estaba desnuda, se dio cuenta con un acceso caliente de pánico. No tenía que levantar las mantas para saber que estaba desnuda hasta la piel.

Tess movió su cabeza solo ligeramente para mirar hacia su cuerpo. Por lo que podía ver, el Highlander estaba completamente vestido y durmiendo encima de la manta.

Fragmentos de una conversación unidireccional resonaban en su mente. Él parecía hablar bastante. También recordaba que había estado preocupado por ella. Sí, había venido tras ella. Incluso la había traído de vuelta aquí. Y luego recordaba vagamente quitarse su propia ropa mojada y medio congelada antes de quedarse dormida.

Quedarse dormida desnuda. Todo su cuerpo se sonrojó intensamente al pensarlo.

Volvió a mirarlo. Pero no había ocurrido nada. Él estaba completamente vestido incluso ahora. Capas de mantas los separaban.

Tess contempló los labios llenos del hombre. Tan cerca. Una sombra de crecimiento ya estaba oscureciendo su mentón. Sus hombros eran anchos. Su fuerza era potente incluso mientras dormía. Y aun así se encontró a sí misma no temiéndolo en absoluto.

Tess supo instantáneamente que pasar demasiadas horas en el frío debía haber causado algún daño serio a su mente. Tenía que escapar de alguna manera de esta cama y vestirse antes de que el Highlander...

Su estómago rugió ruidosamente.

Tess contuvo la respiración mientras el hombre murmuraba algo en su sueño. Antes de atreverse a moverse, sus dos brazos se envolvieron alrededor de ella como bandas de acero, y la atrajo firmemente contra él. Su cabeza estaba metida bajo su mentón y su cuerpo estaba alineado perfectamente con el de él.

Mientras trataba de pensar en alguna forma de extraerse de esta situación, se sorprendió al sentir sus manos moverse arriba y abajo sobre su espalda, como si estuviera tratando de calentarla. Y estaba funcionando. Demasiado bien, de hecho. En toda su vida, Tess nunca había tenido a nadie haciéndole tal cosa, y una emoción salvaje la atravesó ante la sensación que él estaba produciendo en ella.

La emoción se convirtió en pánico real el instante en que sintió su mano desviarse un poco demasiado bajo en su espalda. Estaba lista para despertarlo con un codazo, pero entonces el Highlander rodó sobre su espalda y la acurrucó en el hueco de su brazo.

Desde este ángulo, tenía una vista mucho mejor de la habitación. El fuego en el hogar había bajado a brasas rojas. El viento silbaba a través de las pequeñas ventanas, y sabía que la tormenta aún continuaba sin amainar. La luz era tenue en la gran habitación, y Tess supuso que la noche se acercaba nuevamente. Divisó su ropa mojada en una pila cerca del hogar. Junto al otro hombro del Highlander, vió un vestido seco que él debía haber bajado del desván donde Garth y Charlotte almacenaban cosas. Había dormido allí cuando era niña.

Muy lentamente, extendió su brazo sobre su pecho y trató de alcanzar el vestido. No pudo alcanzarlo. Esperando un poco y asegurándose de que su respiración fuera uniforme, levantó su cuerpo ligeramente y trató nuevamente de alcanzar la ropa sobre su pecho ancho.

Agarrándolo esta vez, Tess recogió el vestido de lana en su puño y comenzó lentamente a desenredarse de él.

Él la soltó, rodando ligeramente hacia ella. Ella envió una oración silenciosa de agradecimiento al cielo cuando él no despertó. Presionándose hacia la pared de piedra, se sentó y, mientras la manta caía, apresuradamente puso el vestido sobre su cabeza.

Para cuando Tess se arrodilló sin aliento en el lecho con el vestido casi cubriéndola, se dio cuenta de que era un milagro que el Highlander continuara durmiendo como los muertos.

DESPUÉS DE TODOS los problemas que ella le había dado el día anterior, ciertamente merecía *algo* de entretenimiento. Observarla luchar para ponerse el vestido era todo eso y más, pensó Colin. Su cuerpo era perfecto, su piel suave como marfil pulido.

Hizo otro sonido murmurante, como si estuviera dormido, y se volvió hacia su costado.

Colin había estado tratando de imaginar las diferentes posibilidades de cómo alguien como ella podría haber llegado a esta isla. Por todos los relatos que podía recordar, la pareja que había vivido aquí antes era demasiado anciana para producir a alguien tan joven como esta. Así que, o bien fue traída hasta aquí y abandonada, o ella también había llegado a la orilla. ¿Pero cuándo? ¿Y quién era? ¿Y quién era su gente?

Contempló hacerle saber que estaba despierto, pero la vista que se movía ante sus ojos medio cerrados lo detuvo. Se acercó al hogar y silenciosamente colocó pequeños trozos de madera flotante en el fuego.

Colin contuvo la respiración mientras ella se puso de pie estirando los músculos en su espalda. Su largo cabello, una masa sin atar de ondas y rizos, colgaba casi hasta su cintura. Destellos de oro se reflejaban en sus mechones castaños desde la luz del fuego crepitante a su lado. Ella lanzó una mirada vacilante en su dirección, y él cerró sus ojos un poco más.

Un momento después, los abrió nuevamente y la encontró lavándose el rostro con agua en una palangana. De una bolsa de cuero, llenaba repetidamente una taza, una concha grande, en realidad, y bebía el agua. Mientras lo hacía, los ojos de Colin se fijaban fascinados en la columna suave y hermosamente formada de su cuello.

Algo sobre él atrajo su atención, pues bajó la taza y lo captó observándola. Todo su cuerpo se tensó.

"Buenos días. ¿O es de noche?"

"¿Mañana? No, la noche está cayendo." Se corrigió rápidamente mientras cautelosamente dejaba la taza a un lado.

Se apoyó casualmente en un codo, esperando que ella no se sintiera amenazada. "¿Dormiste bien?"

Ella asintió bruscamente y miró nerviosamente hacia la puerta.

"Estabas tan fría... De verdad me preocupaba que hubieras contraído un resfriado o una fiebre después de pasar tantas horas afuera." Se sentó en la cama, y ella dio un paso nervioso hacia la puerta.

"Por favor no te vayas."

Su mirada cautelosa se desplazó a él. Desde las ventanas estrechas, podía ver que la noche ya había extendido su manto espeso sobre la isla. El aullido del viento a través de las aberturas era indicación suficiente de que el clima seguía siendo brutal.

"Me iré, si quieres", dijo silenciosamente. Enderezó las mantas alrededor de él y comenzó a ponerse las botas que se había quitado antes. Aún estaban mojadas. "Esta es tu casa. No necesitas pasar otra noche afuera en esta tormenta."

Ella lo miró, luego a la puerta, y sin otra palabra se dirigió hacia afuera.

Colin estaba de pie y se había puesto en su camino al siguiente instante. "¿Sabes que aún hay una tormenta azotando esta isla?", preguntó bruscamente.

Ella asintió tímidamente e intentó rodearlo. Él bloqueó su camino nuevamente.

"¿No crees que merezco una explicación?" No le dio oportunidad de responder. "Por San Andrés, debo decirte que estoy cansado de estos juegos tontos que a ustedes las mujeres les gusta jugar."

"¿Qué juegos?", preguntó con perplejidad.

"Estos juegos de pretensión, de actuar tímidas y difíciles de complacer." Levantó un dedo acusador ante ella antes de que pudiera hablar. "Y no me des esa mirada inocente como si no supieras de qué estoy hablando. A estas alturas, sabes perfectamente que puedo ser confiable. ¿Cuántos hombres crees que navegan estas aguas que no se habrían aprovechado de esta situación?"

"¿Qué tiene que ver el comportamiento de los marineros conmigo saliendo afuera?" Tenía un rostro muy expresivo, y estaba mostrando su perplejidad.

"¿Cuál es tu nombre?"

Ella logró pasar alrededor de él exitosamente. "Tengo que irme."

"Espera. Necesitamos hablar. Considerando todo, ambos podemos quedarnos la noche aquí, cálidos y secos, como dos personas civilizadas." Logró poner un brazo en la entrada para bloquear su camino nuevamente. "No te molestaré."

Una frustración obvia arrugó su frente. "Tengo que salir afuera." Pasó por debajo de su brazo.

"Espera." Cuando Colin se volvió para ir tras ella, más conchas crujieron bajo la suela de sus botas. Maldijo el desorden molesto con el que la mujer vivía.

Era rápida. Alcanzó a la criatura obstinada nuevamente a mitad de camino de las escaleras oscuras. Antes de que pudiera agarrarla por el codo, ella se volvió bruscamente hacia él, con sus manos extendidas para mantenerlo alejado.

"No vengas tras de mí", le espetó con impaciencia. "Te dije que tengo que salir."

"¿Pero por qué? Ya me he ofrecido..."

"Mira, me criaron entendiendo que hay cosas que las personas deben hacer por sí mismas. ¿Necesito decir algo más?"

De repente, Colin se sintió como un completo idiota. "Ah. Podrías habérmelo explicado antes..."

Ella sacudió la cabeza y se apresuró a bajar antes de que él pudiera terminar lo que estaba diciendo.

"Vas a regresar, ¿verdad?"

Colin notó que en su prisa ni siquiera se había detenido a tomar su capa del pie de las escaleras antes de salir. No se movió, sin embargo, preguntándose si esto había sido todo un ardid y la mujer obstinada estaba corriendo por la isla en este mismo momento. No es que fuera a detenerla por la fuerza si estaba determinada a ir a... eh, esconderse. Pero sería bueno saber que su conducta honorable era de alguna manera apreciada. No era demasiado pedirle que confiara en él hasta que terminara esta tormenta, ¿verdad? Aún estaba librando este argumento silencioso consigo mismo cuando la puerta se abrió, y ella entró entre el viento y la lluvia.

Sus pasos eran mucho más ligeros. Su actitud mucho menos tensa. Subió un par de escalones hacia él, pero luego se detuvo.

"Supongo que sería mejor si empezáramos de nuevo."

Continuó estudiándolo como si estuviera tratando de decidir si realmente era seguro subir las escaleras o no.

"Mi nombre es Colin Macpherson", anunció. "Tú misma me encontraste ayer en las rocas."

Se dio cuenta de que su mirada se enfocaba en el puñal que había vuelto a colocar en su vaina en su cinturón. Entendió su temor. Ella bajó un escalón cuando su mano se dirigió hacia él.

"Puedes quedarte con esto, si te hace sentir mejor." Incluso en la oscuridad de la escalera, pudo ver que ella observaba cada uno de sus movimientos mientras sacaba el arma y sostenía el mango en su dirección. "Sin embargo, te agradeceré si prometes no usarla contra mí."

Colin esperó pacientemente mientras ella lo estudiaba un poco más. "También agradecería que respetaras mi ropa. Sé que no está en muy buena forma, pero es todo lo que tengo aquí y, considerando el clima..."

Finalmente, subió y vacilante alcanzó el arma ofrecida.

"¿Estaré a salvo?", siguió él, con un tono más ligero, esperando aliviar su nerviosismo.

Después de que ella le diera un asentimiento rápido, Colin comenzó a retroceder subiendo los escalones. No podía entenderlo, pero de alguna manera, realmente le importaba ganarse su confianza.

"Veo que tienes una colección muy interesante de *cosas* arriba."

Ella metió el arma en un bolsillo del vestido y comenzó a subir también.

"En caso de que te interese añadir mi daga a tu miscelánea..." Mientras retrocedía hacia la gran cámara, el sonido de conchas crujiendo arrancó una maldición de sus labios. "¡Por el diablo!"

"Mejor así." Se mordía los labios para ocultar una sonrisa.

"*¿Qué?*"

"Decir lo que piensas y sientes, en lugar de jugar estos juegos con palabras."

"¿Juegos con palabras?"

Ella se encogió de hombros. "Sé lo que estabas tratando de hacer. Pero no te tengo miedo."

Colin le extendió la mano. "Entonces, ¿puedo recuperar mi daga?"

"No, no puedes." Ella lo rodeó y caminó hacia el fuego.

Él se volvió, logrando aplastar más conchas. "¿Por qué, en nombre de San Andrés, DEBES conservar estas malditas...?"

"Colin Macpherson." Le lanzó una mirada por encima del hombro pero, en realidad sonrió. "Un poco de moderación también está bien."

Era aún más hermosa cuando sonreía, pensó él. "¿Quién eres?"

"Tess."

"Tess", repitió, gustándole el sonido del nombre. Colin trató de prestar atención a dónde pisaba mientras la siguió. "¿Vives aquí sola, Tess?"

"No... hay otros." A pesar de su respuesta inmediata, no pudo ocultar el rubor que tiñó sus mejillas. "Mi padre... y mis... mis hermanos mayores..."

Él echó un vistazo alrededor de la habitación. Como había notado antes, todo desde los muebles escasos hasta los pocos utensilios indicaba que solo una persona vivía aquí.

"Pero están en el continente ahora", se apresuró a decir, leyendo sus pensamientos. "Estaban pescando cuando la tormenta llegó. Asumo que deben estar en el continente." Se encogió de hombros y se dirigió hacia el hogar. "Son muy buenos en el agua. Estarán preocupándose por mí aquí sola. Sí, creo que regresarán en cualquier momento."

Estaba mintiendo, y Colin lo sabía. Y estaba nerviosa nuevamente. Había visto las dos tumbas recién cavadas la noche pasada. Y nunca había escuchado a ningún marinero hablar de alguien más que el guardián y su esposa viviendo en esta isla. Pero, por supuesto, nunca había escuchado sobre la existencia de Tess tampoco. Decidió dejar el tema... por ahora.

Ella estaba intentando remover los contenidos del caldero. "¿Arruiné tu comida anoche al moverla del fuego?"

"Esto no es comida."

"¿Entonces qué es?"

Ella sacó la cuchara y dejó que la mezcla congelada cayera de vuelta en la olla. "Algunas de las ovejas tienen pudrición de pezuña... por la humedad." Le lanzó una mirada por encima del hombro. "No trataste de comer esto, ¿verdad?"

Él tragó con dificultad. "No exitosamente."

Ella sonrió, y Colin quedó encantado nuevamente. Apartó el caldero y se puso de pie. "Así que asumo que no tendrás hambre por un tiempo."

"Me estoy muriendo de hambre."

"Yo también." Bajó un trozo de pescado ahumado colgando de las vigas arriba.

"¿Puedo ayudarte en algo?" El sonido crujiente de conchas bajo sus botas lo hizo estremecerse.

"Sí. Puedes dejar de aplastar mis conchas con cada paso que das."

Colin miró los cientos de artículos molestos esparcidos por todas partes. Ya había logrado moler un buen número de ellos hasta convertirlos en polvo. "¿Por qué necesitas tantas, y por qué no puedes apilarlas todas en un lugar, para que no estén bajo los pies...?"

"¿Por qué no puedes mirar dónde pisas?"

Él tomó la escoba que ella le entregó. "Yo hice mi pregunta primero."

"Sí, pero este es *mi* lugar. Puedo hacer lo que desee. Pediste ayudar. Te estoy dando una oportunidad. ¿Por qué no empiezas?"

Él plantó sus manos sobre el mango de la escoba y la observó moverse por la habitación, preparando su comida. "Pensé que dijiste que vivías aquí con tu padre y hermanos."

"Así es." Evitó mirarlo.

"¿Entonces por qué dijiste mi lugar?"

"Estaba hablando por todos nosotros."

"¿Cuántos hermanos tienes, Tess?"

"Dos... tres."

"¿Y tu hermana también fue con ellos?"

"Así fue."

"Pero no dijiste nada sobre tu hermana antes, Tess."

"Sigues hablando, y no terminarás tu trabajo. Y según como me criaron, si no trabajas, no comes."

"Dime, Tess. ¿Por qué no tienes el acento de la gente que pesca en estas aguas?"

"Ya es suficiente." Se volvió bruscamente hacia él, un ceño fruncido oscureciendo sus rasgos hermosos. "Vas a salir en este instante."

"No tan rápido, muchacha. Puedes ver que estoy trabajando." Con una sonrisa, comenzó a barrer la escoba por el suelo. Mientras ella regresaba a sus propias tareas, Colin también comenzó a barrer conchas marinas intactas junto con los fragmentos de las rotas. Le lanzó una mirada a su espalda. "Nunca te agradecí apropiadamente por salvarme la vida."

"Bueno, podrías agradecérmelo no deshaciéndote de cosas que valoro."

Ella no se había vuelto, pero sabía lo que él estaba tramando. "¿Estás segura de que no eres un hada, muchacha?"

Tess se volvió lentamente donde estaba y le lanzó una mirada misteriosa. "Tal vez lo soy. Y tal vez deberías dejar de hablar y no provocar mi temperamento."

"Ya veo." Contuvo la sonrisa que tiraba de sus labios. "¿Y qué harás si no hago lo que se me dice?"

Tess sacó una cucharada de la medicina para pezuñas del caldero.

"Te alimentaré con esto para tu cena. ¿Más preguntas?"

Capítulo Cuatro

El fuego moribundo en el hogar proyectaba un resplandor ámbar sobre la cámara, chisporroteando y crepitando de vez en cuando mientras un nudo de madera flotante empapada en salmuera se desmoronaba en las brasas. Sábanas de lluvia arrastrada por el viento azotaban las sólidas paredes, y brumas cristalinas se filtraban en la habitación a través de las ventanas estrechas. A veces, una ráfaga de viento hacía retroceder el humo de olor acre por la chimenea, pero Tess, yaciendo contenta en su lecho, era ajena a todo excepto al Highlander que dormía al otro lado de la habitación.

Hasta esta noche, no se había dado cuenta de cuánto extrañaba la compañía de otro ser humano. Tenía sus animales, sus jardines, su tejido, su pesca... todas las tareas de vivir que necesitaban hacerse para sobrevivir sola en una isla. También tenía su recolección de conchas para mantenerse ocupada. Solo ocasionalmente había pensado en no tener a nadie con quien hablar, pero ahora se daba cuenta de que extrañaba escuchar otra voz humana. Y aún más que eso, Tess se dio cuenta de que incluso cuando Auld Charlotte y Garth estaban vivos, nunca había sabido lo que se sentía tener un compañero que se interesara por ella, que la desafiara... y que pusiera a prueba su paciencia cada dos minutos.

Y, a decir verdad, adoraba la sensación.

Garth y Charlotte habían sido pacientes y bondadosos, pero muy callados comparados con este extraño. Rara vez se hablaban entre ellos, y en generalmente solo le hablaban para instruirla. Y aunque genuinamente se habían preocupado por ella, Tess siempre había sentido una barrera. Una vez, mientras ayudaba a Garth a limpiar algunos peces que habían atrapado en sus redes, él había mirado hacia el agua. Una gran embarcación con velas blancas ondeantes se movía hacia el sur. Sin mirarla, Garth dijo que algún día vendría una embarcación y se la llevaría. No había dicho nada más, y aunque eso nunca había pasado, ella se había dado cuenta ese día de que se estaban protegiendo a sí mismos y sus sentimientos. Sabían que podrían perderla en cualquier momento.

Tess solo podía recordar fragmentos de su familia perdida, pero lo que podía recordar nunca lo había revelado. Sabía que Charlotte y Garth siempre habían asumido que la mayor parte de su familia había muerto en el mismo naufragio que la había arrojado en su isla. Pero la idea de que podría haber otros que la quisieran de vuelta había hecho que la pareja la escondiera cada vez que pescadores o marineros o peregrinos aparecían en la costa rocosa.

Sabía que había sido una adición bienvenida en sus vidas. Sin duda, habían sido una bendición de Dios para ella. Y los extrañaba.

El Highlander hizo un ruido en su sueño. Tess se incorporó y lo observó al otro lado del cuarto. Inquieto. Esta noche, los dos habían discutido más de lo que habían conversado durante su comida de pescado ahumado y pan seco. Él estaba lleno de preguntas sobre quién era ella y quiénes eran sus padres y qué estaba haciendo en esta isla. Tess había disfrutado enormemente cambiando continuamente el tema y volviendo las preguntas hacia él. Naturalmente, él no respondería nada a menos que ella lo hiciera. Alternativamente divertido y enojado, Colin había estado completamente atento a cada palabra que ella decía y cada movimiento que hacía. Así que habían dado vueltas y vueltas, y ella había disfrutado cada minuto.

Tess abrazó sus rodillas contra su pecho y admiró el resplandor del fuego reflejándose en los planos hermosos de su rostro. No era como ninguno de los marineros o peregrinos de las Highlands que había espiado a lo largo de los años. No era ruidoso o grosero. Y no había intentado manejarla con ninguna de las rudezas de las que Charlotte le había advertido.

Mientras Tess lo miraba, Colin murmuró algo en voz alta en su sueño. Ella se escabulló de su lecho y se quedó observándolo mover su cabeza de lado a lado. Estaba luchando contra algo en su sueño.

"¡Detente!"

Se acercó rápidamente a su lado. Aún estaba dormido, pero su rostro estaba cubierto de sudor, y continuó revolviéndose. Sus brazos y piernas también se movían mientras luchaba. Tess se arrodilló y puso una mano en su frente, preguntándose por un momento si había desarrollado fiebre.

Sus ojos azules se abrieron instantáneamente. Ella inmediatamente retiró su mano, pero permaneció donde estaba.

"Creo... que estabas teniendo una pesadilla."

Él parpadeó varias veces, tratando de aclarar su cabeza.

"Morí en mi sueño." Su voz era áspera y ronca. "Nunca antes había muerto en mis sueños."

La vulnerabilidad en su voz tiró de su corazón.

"No temas. Vivirás una vida larga y plena. El mar te arrojó hacia arriba, así que tu hilo de vida es mucho más fuerte." Usó la esquina de la manta y la pasó suavemente sobre su frente y le limpió el rostro. Le apartó el cabello. Aún tenía la mirada aturdida de alguien que flotaba a medio camino entre el sueño y la vigilia. "Eso es lo que Charlotte solía decirme cuando tenía pesadillas."

Cuando ella comenzó a alejar su mano, él se acercó y la atrapó en la suya. "Quédate."

Su mano parecía tan pequeña envuelta en la grande de él. Tess contempló el contraste de sus pieles, la fuerza tan pronunciada en sus brazos fibrosos y sin embargo la gentileza con la que la sostenía.

"Háblame del sueño", logró decir. "A veces ayuda."

Sus ojos eran tan azules que Tess pensó que podría ahogarse en ellos. "Había olvidado cómo nadar. No lograba comandar mis piernas y brazos. Y cada vez que pensaba que podía tomar una bocanada de aire, otra gran ola se estrellaba sobre mí y me llevaba más profundo."

Ella se acercó más a su lado y se sentó en el lecho. Sus caderas se tocaban a través de la manta, y ella era muy consciente del contacto.

"Eso es solo un susto retenido de tus luchas durante la tormenta." Sus dedos se movieron por voluntad propia y tocaron la aspereza en su mentón. Tocó la hendidura y vacilantemente trazó sus labios. La diferencia en textura era tan interesante. "Estás a salvo aquí."

Tess observó cómo su expresión cambió. Impactada por su propio comportamiento, retiró sus dedos culpablemente. Sus ojos se enfocaron en su rostro de una manera que no pudo identificar.

"Dijiste que habías tenido pesadillas", dijo suavemente.

"Sí. Muchas veces. A veces aún las tengo."

"¿Alguna vez fuiste atrapada en olas como esas también? ¿Arrastrada a la orilla?"

"Lo fui." Tess supo que había cometido un error en el momento en que las palabras salieron de su boca. Trató de alejarse, pero el agarre de su mano la mantuvo donde estaba.

"Cuéntamelo, Tess."

Ella sacudió la cabeza y miró hacia otro lado. "No hay nada que contar. Yo... yo casi me ahogué nadando desde los acantilados occidentales."

"Te sonrojas cuando mientes."

Se volvió bruscamente hacia él. "También me sonrojo cuando estoy considerando un asesinato."

Él tuvo la audacia de reírse por un momento. Ella se estremeció cuando su pulgar se movió lentamente hacia adelante y hacia atrás a través de su palma.

"¿Cuántos años tienes, Tess?"

"Setenta y uno este mes. Demasiado vieja para que me mires de esa manera." Liberó su mano y prácticamente corrió a través de la habitación.

Su risa la siguió mientras se arrastraba bajo las mantas. Trató de cerrar sus ojos y oídos a su encanto.

Si esos perros inmundos encuentran a una jovencita bonita como tú en esta isla desierta, todos estarán pensando lo mismo, muchacha... Las advertencias de Charlotte estaban perdiendo su mordida. El hecho de que fuera un Highlander ni siquiera era suficiente para preocuparla.

Tess se cubrió el rostro sonrojado con la manta y trató de enfriar su sangre. El problema no residía en el hombre que la observaba desde el otro lado de la habitación. El problema era con ella. ¿Cómo se había vuelto tan tonta tan rápidamente?

Sabía que estaría en problemas si Colin Macpherson no se iba pronto.

AZOTADO por el viento que soplaba en ráfagas, Colin se paró en el mismo borde del acantilado rocoso y escrutó el mar turbulento a su alrededor. Ni una embarcación ni un bote tan lejos como podía ver. Había aprovechado una pausa en la lluvia al amanecer, dejando a Tess al sueño de los inocentes. No se sorprendió por la falta de velas, aunque quizás el alivio de la lluvia era una señal de que la tormenta se estaba agotando. Una vez que los cielos comenzaran a despejarse, sabía que vería al menos una embarcación en el horizonte.

Más que buscar la embarcación de su hermano, sin embargo, Colin necesitaba alejarse de Tess. Necesitaba desesperadamente aire fresco para aclarar su cabeza.

Había algo sobre ella. Lo estaba hechizando. Las mujeres jóvenes siempre habían sido fáciles de conseguir. El Señor... y sus padres... lo habían bendecido con una buena apariencia. Tenía un buen nombre familiar. Nunca había necesitado perseguir a ninguna muchacha. Y nunca había visto necesidad de sentar cabeza, tampoco. Tenía planes de navegar los mares. Aventura, fama, fortuna... esas eran las cosas que buscaba. Y nunca había considerado permitir que sus planes fueran arruinados por una mujer... en un puerto... en una cama.

Colin caminó hacia el abismo que cortaba diagonalmente a través de la isla. Descendiendo, siguió un manantial de agua fresca y bajó a una playa pedregosa. Los ojos pardos de media docena de focas lo observaban desde el agua. Divisando madera flotante que había llegado con la marea de tormenta, comenzó a recolectar algo para llevar de vuelta.

Era el hijo menor de Alec Macpherson, un laird de las Highlands, y Fiona Drummond Macpherson. A través de su madre, era nieto del gran Rey James el Cuarto y primo de sangre de la infanta Reina Mary. Naturalmente, con linaje como ese, había ciertas expectativas. Aunque había tratado de luchar contra ello, sus padres habían insistido en que siguiera los pasos de sus dos hermanos mayores y terminara su educación en St. Andrew. Pero ahora, por el diablo, eso estaba detrás de él. Ahora Colin estaba listo para seguir sus sueños.

Desde Irlanda hasta Amberes, las embarcaciones Macpherson habían estado asaltando naves mercantes del continente y de Inglaterra durante al menos cinco generaciones. Como solía decir su abuelo, la piratería corría en la sangre Macpherson. El tío más joven de Colin, John Macpherson, había sido Señor de la Armada del Rey. Su otro tío, Ambrose, un guerrero feroz, también había navegado estas aguas y asaltado muchas embarcaciones antes de establecerse en una vida de servicio a la Corona.

El hermano mayor de Colin, Alexander, era maestro de las embarcaciones Macpherson ahora. James, el segundo hijo, había elegido perseguir, como su Tío Ambrose, la vida diplomática. Esto dejaba un mundo de oportunidad abierto para Colin, pues sabía que Alexander solo podría continuar con esto por tantos años antes de que llegara su tiempo de asumir el manto del próximo laird Macpherson. Cuando eso sucediera, Colin quería estar seguro de estar listo para tomar cargo de la flota de embarcaciones del clan y continuar la tradición familiar. Demonios, las embarcaciones españolas regresando del Nuevo Mundo estaban simplemente rebosantes de plata y oro. Eran ciruelas esperando ser recogidas.

Simplemente no podía permitir que ninguna mujer interfiriera con planes como esos. Incluso si fuera hermosa y misteriosa.

Para cuando Colin regresó al priorato cargando una pila de madera flotante, su mente estaba clara y su resolución establecida. Sin apego. Sin atracción. Sin preocuparse por ella, o incluso ir tras ella nuevamente si elegía esconderse. Obviamente había estado sobreviviendo perfectamente bien antes de su llegada. Continuaría igual de bien después de que él se fuera.

La resolución de Colin, sin embargo, solo duró hasta que subió las escaleras y se dio cuenta de que ella había desaparecido. Su cama estaba arreglada. El fuego ardía bien. Algunas de sus mantas faltaban, sin embargo.

"¡Maldito infierno!", murmuró para sí mismo. "No me digas que te has escapado nuevamente."

Colin soltó la carga y salió, su resolución obliterada en un instante.

Todo lo que sabía era que tenía que encontrarla.

PROTEGIDA de lo peor del viento en el patio entre los muros de piedra desmoronados de la iglesia en ruinas y el antiguo cementerio, Tess se movió rápidamente entre las ovejas. Más allá del muro bajo del cementerio, una cabra nana se paraba observando los procedimientos con recelo.

Desde el primer momento en que Tess había notado la cojera en algunas de las ovejas y había descubierto las grietas y abrasiones entre las pezuñas, había usado el método que Garth siempre usaba para tratar el rebaño. Moverlas a terreno más alto y untar la pomada que él le había enseñado a hacer en las pezuñas de cualquier oveja que pudiera estar desarrollando la condición. Y después de tres semanas de ello, estaba feliz de ver que finalmente estaban respondiendo al tratamiento.

Las corrientes de aire cortantes que serpenteaban en el patio aún eran frías, pero el cielo se estaba iluminando. Mirando hacia arriba, pensó que el sol podría abrirse paso antes de mucho tiempo.

Arrodillada entre las ovejas, Tess terminó de frotar el ungüento en la pezuña de otro de los animales. Una vez liberada, la oveja se abrió paso a empujones hasta un lugar seguro entre el resto del rebaño.

Tess miró a su alrededor en busca de su última paciente. Encontró a la oveja preñada de pie, sola y observándola con recelo desde el muro del cementerio. "Ven aquí, Makyn."

La oveja pateó suavemente el suelo.

"Has estado hablando con la cabra nana, ¿verdad?"

Makyn apartó la mirada.

"Ven aquí, buena madre. Esta es la última vez que haremos esto." Tess habló suavemente y sacó un pequeño puñado de avena de un bolsillo de su vestido. Cuando se lo ofreció, la oveja aún se negaba a mirarla.

"Veo que estás recibiendo un poco de tu propio tratamiento."

Tess sintió que su pulso se aceleraba al escuchar la voz del Highlander, y maldijo su propio corazón traicionero. Estaba apoyado sobre el muro del cementerio y miraba con interés las pociones a sus pies.

"Bueno", dijo con un destello en los ojos. "Por experiencia personal puedo decir que, si no quiere tener nada que ver con ese brebaje venenoso, no la culpo."

"Simplemente no se siente bien hoy. De otro modo vendría." Una brisa que agitaba su largo cabello tironeó de los extremos de su tartán. El azul de sus ojos esta mañana era una combinación perfecta para cualquier cielo de verano. Ella apartó la mirada de su rostro apuesto y se quedó contemplando a la oveja. "Ven, Makyn."

La oveja se movió un poco hacia abajo del muro en dirección a Colin. Tess se puso de pie.

"Quédate dónde estás", dijo Colin. "Yo te la traeré."

"¿Sabes algo sobre cuidar ovejas?"

"Nunca me han interesado las tontas criaturas, para ser honesto. De dónde vengo yo, son las mujeres quienes las cuidan." Saltó ágilmente sobre el muro. "Nunca se vieron muy difíciles, sin embargo."

Tess se mordió la lengua y se sentó sobre sus talones. Tal como había esperado, tan pronto como él se acercó, Makyn se escabulló.

"Quieta ahí, oveja", ordenó. "No soy yo quien tiene la poción venenosa."

Makyn baló ruidosamente y corrió frenéticamente hacia el resto del rebaño. Colin se precipitó hacia el animal, pero sus movimientos bruscos solo sirvieron para alterar todo el rebaño. En un instante, Makyn se había mezclado con el resto de los fardos de lana balantes y corriendo.

"¿Dónde diablos se...? Ah, ahí estás, maldita..."

Reprimiendo una sonrisa, Tess se levantó y caminó hacia Colin. Puso una mano en su brazo, deteniéndolo. "No es por criticar tu pastoreo, pero no creo que Makyn esté en condiciones para esto. La criatura probablemente está solo a un día o dos de parir. Creo que ha tenido suficientes emociones, ¿no te parece?"

Su mirada se posó en la mano de ella descansando en su brazo desnudo. Se había arremangado la camisa hasta los codos. Su piel estaba tan cálida, y Tess retiró sus dedos como si se hubiera quemado.

"Muy bien. Soy tu alumno atento, maestra."

Tess no se atrevió a alzar la vista para encontrar su mirada. En cambio, enfocó su atención en la oveja aterrorizada en el extremo lejano del patio.

"Las ovejas siempre deben ser manejadas con firmeza, pero calmada y suavemente también", dijo suavemente. "Correr y excitarlas solo invitará problemas."

"Siempre pensé que lo mismo podría decirse sobre manejar personas", le susurró en el oído. "Fui firme, calmado y suave cuando te conocí, pero aun así huiste."

"Eso solo muestra que soy mucho más inteligente que Makyn."

Tess trató de no verse afectada por su risa baja, por su cálido aliento acariciando su oído.

"Makyn aún está nerviosa. Necesitamos acercarnos a ella muy lenta y silenciosamente."

"¿Todas tienen nombre?"

"Solo los animales que decido conservar."

"Muy perspicaz. El pensamiento de tener un 'David' ensartado y asándose sobre el fuego no es muy apetitoso."

"Podría ser peor."

"¿Cómo?"

Tess se alejó de él. "Podríamos tener un 'Colin' asándose sobre el fuego."

"En ese caso, me siento mucho, mucho más seguro teniendo un nombre."

"Y otra cosa, debes recordar que, al acercarte a las ovejas, nunca las mires directamente."

Él estaba a su lado nuevamente. "Muy bien."

Tess sintió su mano tomar la suya. Momentáneamente aturdida, se volvió y lo miró.

Sus ojos chispeaban con travesura. "Pensé que podría ser útil que me miraras a *mi* mientras nos acercamos a ella."

Era simplemente demasiado apuesto para su comodidad. "¿Y por qué querría hacer tal cosa?"

Se encogió de hombros. Su sonrisa era lo suficientemente cálida como para derretir una niebla marina. "Tal vez porque disfruto mirándote."

"¿Y por qué *querría* hacer tal cosa?"

"Estás comenzando a hacer demasiadas preguntas." Sacudió la cabeza. "Podrías adoptar mis buenos hábitos... y no solo los malos."

"¿Tienes buenos hábitos?"

"Algunos", dijo suavemente, sus ojos azules escrutando los de ella.

El corazón de Tess latía salvajemente en su pecho mientras sentía su mirada rozar su rostro. En puro pánico, dio medio paso atrás.

"Yo... yo creo que Makyn está lo suficientemente calmada ahora para... para que la atendamos."

Los ojos de Colin se habían vuelto de un azul ahumado, casi gris y Tess sintió su corazón martillando en su pecho. No estaba segura de lo que él pretendía hacer, o lo que era lo que ella quería. Detenerse, sin embargo, parecía ser el mejor curso.

Él pareció leer sus pensamientos, y su sonrisa amigable regresó. "Muy bien. Tú guías y yo sigo... o solo dime qué hacer."

"Yo la atraparé y la sostendré. Tú untas la pomada en su pezuña. O podemos hacerlo al revés si gustas."

Por supuesto, ella podría haber hecho todo el asunto por sí misma, pero de repente no quería que él se fuera.

"No creo que mi estómago me permita acercarme demasiado a ese caldero. Dime qué hacer, y la atraparé."

Ella lo tomó del codo y lo acercó un poco más a Makyn. "Sin mirarla, acércate un poco más. Cuando esté dentro de tu alcance, rápidamente extiende la mano y agarra la lana bajo su mentón. Solo inclina la cabeza hacia arriba. Esto la mantendrá fuera de balance y fácil de sostener. Ahora si te da la espalda, solo agárrala por el flanco trasero." Le dio una sonrisa tranquilizadora. "Te traeré la medicina."

Mientras Tess fue por el caldero, pudo escuchar las maldiciones murmuradas del Highlander, seguidas por una queja ruidosa de Makyn. Cuando se volvió, casi se rió en voz alta ante la vista del hombre y la oveja enredados juntos en el suelo cerca del muro.

"No sé cuál de nosotros está ganando esta batalla", murmuró Colin cuando ella se acomodó junto a ellos. "Pero por favor, asegúrate de poner ese repugnante brebaje de hada en la pata de la oveja."

"Hum... pero es tan fácil confundir uno con el otro." Comenzó a frotar la pomada en las pezuñas delanteras de Makyn primero. Bromeando, alcanzó una de sus botas.

"Si", dijo bruscamente, "quieres que alguna de esas preciosas conchas tuyas quede intacta, ni siquiera *pienses* en ponerme nada de eso encima."

"¿Te refieres a las conchas que ya has aplastado por cientos?"

"Quedan algunas, creo." Sentó a la oveja sobre sus cuartos traseros, para que Tess pudiera atender las patas traseras. "En realidad, hay algo tranquilizador sobre el suave sonido crujiente que estas conchas hacen cuando yo..."

Sus ojos azules se abrieron mientras Tess sostenía la pomada frente a su rostro.

"He terminado con Makyn. Ahora te toca a ti."

Capítulo Cinco

AUNQUE LA TORMENTA había perdido algo de fuerza, el viento seguía azotando la isla con fiereza. No pasaría mucho tiempo, pensó Colin sombríamente, antes de que reapareciera el barco de su hermano.

Trabajó junto a Tess mientras ella realizaba sus tareas: cuidaba a los animales, sacaba agua del pozo dentro de los muros del priorato. Era capaz y hermosa. Sin embargo, se apresuraba a rechazar cualquier insinuación por parte de él. Aunque no lo sorprendía del todo, dada la falta de sociedad en la isla, le resultaba desconcertante. Que una mujer evitara su cercanía no era algo a lo que Colin estuviera acostumbrado.

Pero, curiosamente, los suaves rechazos de Tess no hacían más que atraerlo. Porque él sabía que ella no jugaba a hacerse la difícil. Era tan auténtica como profundo era el mar.

"Gracias por traer esta leña desde la orilla".

Colin se enderezó tras apilar lo que quedaba dentro de la puerta. Acababa de bajar las escaleras.

"Con esto basta, ¿no crees?"

"Siempre que no vuelvas a encender otro fuego tan grande como el de la primera noche. Qué desperdicio de madera".

Sonrió.

"Fue una gran táctica para atraerte, ¿no crees?"

"No deberías presumir tanto de eso... considerando que sigues atrapado en May conmigo y sin salida". Le pasó por el lado y salió.

"Atrapado" no era la palabra que él habría usado. Si ella lo supiera. En realidad, empezaba a pensar que ese arreglo no estaba nada mal. Sin dejar de sonreír, Colin la siguió al patio.

"¿Y ahora qué?"

"Normalmente, en esta época Garth estaría hurgando en el jardín".

"¿Hace cuánto murió?"

"En diciembre. Poco más de quince días después de Charlotte". Un rubor profundo le subió de inmediato a las mejillas, y Colin vio que Tess apartaba la mirada con cautela.

Había dicho más de lo que pretendía. Si Garth y Charlotte eran los antiguos guardianes, entonces Tess estaba completamente sola. Colin desvió la vista hacia los edificios en ruinas que se alzaban entre los muros del priorato.

Una preocupación inesperada se instaló en su pecho, como una daga. ¿Qué sería de ella cuando el barco de los Macpherson regresara por él? Frunció el ceño y miró al cielo, donde las nubes rotas dejaban entrever manchas azules. Decidido a no presionarla con preguntas que claramente no quería responder, se volvió hacia ella con una sonrisa. Extendió la mano y le colocó detrás de la delicada oreja un mechón de cabello sedoso que el viento había movido.

"¿Podrías mostrarme el priorato antes de que vuelva a llover?"

Tess asintió levemente y se volvió hacia los edificios en ruinas que los rodeaban.

"Desde el mar, uno nunca imaginaría que este lugar fuera habitable".

"¿Es eso lo que haces? ¿Eres marinero?"

"Supongo que sí". Si quería que ella confiara lo suficiente como para contarle más, Colin sabía que debía predicar con el ejemplo. "He navegado en barcos de los Macpherson desde que tengo memoria. He viajado desde las Orcadas hasta África. Pero hasta ahora he sido más estudiante que marinero". Miró hacia el mar tempestuoso. "Ahora que terminé la universidad, supongo que puede decirse que soy marinero".

Tess se subió la capucha de la capa. El viento húmedo y frío se intensificaba. Caminó hacia el edificio que, según Colin, había sido la iglesia original. Hacía tiempo que un incendio se había llevado el tejado, y la puerta ya no existía. Al asomarse, vio el coro y un altar de piedra al fondo. Casi podía imaginarse a los monjes de túnica gris orando allí. La pared trasera también estaba parcialmente derrumbada, y varias aves marinas grises y blancas se posaban en la repisa inferior de una abertura arqueada que sin duda alguna había albergado una vidriera.

Su voz interrumpió sus pensamientos.

"¿Puedo preguntarte cuántos años tienes?"

"Veinte".

"Has logrado bastante".

"¿Puedo saber cuántos años tienes tú?"

Ella dudó un momento antes de responder.

"Diecisiete".

"Viendo lo bien que cuidas de ti y de todo esto, debo decir que también has logrado bastante".

"No es lo mismo", susurró.

Él vio un destello de tristeza en sus ojos.

"¿Por qué te quedas aquí?"

"Este es mi hogar... donde pertenezco".

"Pero no naciste aquí".

Le sostuvo la mirada cuando ella lo miró, sorprendida por sus palabras.

"Tess, ya te dije que he navegado por estas aguas. Desde que tengo memoria, nunca se supo que el viejo guardián y su esposa tuvieran hijos".

"Llevo aquí mucho tiempo. Si nadie sabía de mí, fue porque esas buenas personas intentaban protegerme. Tenían miedo de lo que pudiera ocurrirme si la gente se enteraba de mi existencia: marineros de paso... pescadores del continente... incluso peregrinos que venían en tiempos más cálidos. Auld Charlotte y Garth querían mantenerme a salvo".

"No cuestiono lo que hicieron. Lo que quiero saber es de dónde vienes. ¿Quién es tu familia?"

Ella se alejó sin responder, y Colin la siguió, luchando contra su frustración. Al menos ya no intentaba contarle historias sobre pescar en mares embravecidos. La alcanzó.

"Sin Garth ni Charlotte, ¿cómo piensas quedarte aquí sola? ¿Y si te enfermas? ¿O te rompes un brazo trepando por los acantilados en busca de huevos? ¿O si resbalas con una concha y te abres la cabeza?"

Ella le dio la espalda. Él no se rindió y se movió hasta quedar frente a ella.

"Lo que antes preocupaba al guardián y a su esposa no es nada comparado con los peligros actuales. Eres una joven hermosa, Tess. ¿Tienes idea de los riesgos que corres quedándote aquí?"

"¿Quieres ver el priorato o no?"

Su carácter había irrumpido con la rapidez de una tormenta en las Highlands, alterando su humor al instante. Colin sabía que debía abstenerse de insistir hasta que ella comprendiera su situación. Al mismo tiempo, entendía su terquedad... y su anhelo de independencia.

Asintió con resignación, sabiendo bien que aquella conversación estaba lejos de terminar.

El viento soplaba con más fuerza cuando Tess se alejó de los edificios y lo condujo al centro del viejo cementerio. Al mirar más allá de los muros, Colin no pudo evitar sentirse conmovido por la belleza salvaje del lugar, tan parecida a la joven que tenía a su lado.

"Para ser una isla tan pequeña, hay muchas tumbas".

"Garth me dijo que en muchas hay más de una persona enterrada", respondió ella.

"¿Cómo lo sabía?"

"Durante sus años aquí, tuvo que enterrar a varios peregrinos que murieron por enfermedad durante su visita. Me dijo que era común cavar y encontrar dos o tres cuerpos en una misma fosa, separados apenas por una capa de arena de conchas".

Tess se detuvo en el sendero cubierto de hierba.

"Hace unos años, encontré unos libros de registro en la antigua sala capitular. Creo que los dejaron los monjes que vivieron aquí. Son anotaciones de nacimientos y muertes en la isla que se remontan a unos trescientos años atrás".

El terreno parecía demasiado inhóspito.

"Cuesta creer que aquí vivieran familias".

"No creo que ninguna viviera aquí por mucho tiempo", dijo ella, dándole la espalda al viento y volviéndose hacia él. "En todos los años que revisé los libros, sólo encontré un nacimiento, seguido de inmediato por la muerte de la madre y del niño. Pero había muchísimas muertes. Creo que la mayoría de los peregrinos venían muy enfermos al santuario de San Adrián. Tal vez algunos sanaban y se iban. Pero muchos morían y eran enterrados aquí. Las anotaciones parecen cesar cuando el último monje volvió al continente. O tal vez también murió, porque nadie se llevó los libros".

Tess siguió hablando, pero Colin pensaba en su capacidad para leer esos registros. Leer. No muchas familias enseñaban a leer y escribir a sus hijas en Escocia. El misterio de su origen seguía intrigándolo. Dudaba que Garth y Charlotte supieran leer.

Cuando empezó a lloviznar, se dirigieron de nuevo hacia los edificios en ruinas.

"¿La isla pertenece ahora a la Corona?"

"No. Charlotte dijo que el Priorato de la Catedral de St. Andrews la posee desde hace más de un siglo. Pero no hacen nada al respecto".

"Ellos enviaron aquí al matrimonio guardián, ¿verdad?"

"Sí".

En lugar de volver a entrar, Tess se dirigió hacia las ovejas. Colin la siguió.

"¿No crees que deberías informarles de la muerte de Garth y Charlotte?"

"Estoy haciendo todo lo que ellos hacían. El lugar no está peor por mi culpa". Tess buscaba entre las ovejas.

"No critico tus habilidades. Lo que intento decir es que gran parte del trabajo del guardián consistía en cuidar de los peregrinos que venían cuando el clima mejoraba".

Vio a Tess agacharse junto a una oveja tumbada en la hierba.

"¿Qué harás cuando llegue gente buscando comida y refugio? Tú mismo dijiste que la mayoría está muy enferma. Y si decides esconderte en alguna cueva, ¿cómo podrás ayudarlos? Si en cambio das la cara, ¿cuánto crees que tardaría en llegar la noticia al abad de St. Andrews?"

Tess tenía la cabeza inclinada sobre la oveja preñada. Le acercó un poco de avena, pero Makyn apartó la cabeza. Parecía no haber escuchado gran parte de lo que Colin le decía. La lluvia arreció y el viento se volvió más frío. La capucha de Tess estaba echada hacia atrás y su cabello brillaba bajo la lluvia. Pero parecía ajena a todo, salvo al animal frente a ella.

Colin se agachó y le subió la capucha. Vio el leve temblor en su barbilla.

"¿Qué le pasa?"

"Creo que está por parir".

"¿Ahora?"

"Así es la naturaleza".

El cielo se abrió y comenzó a llover con fuerza.

"¿No es algo que hacen por su cuenta?"

Ella asintió con duda, pero no se movió.

"¿Cuánto falta para... que termine?"

Tess se encogió de hombros.

"Podrían ser minutos, horas o días".

"Pues no vas a quedarte aquí sentada sujetándole la pata durante días".

Como para contradecirlo, Tess se acurrucó más junto al animal y lo cubrió con su capa. En un instante, su vestido quedó empapado.

"Si lo que deseas es morir de frío, ¿por qué no caminas hasta los acantilados del oeste y saltas al mar?"

"Eso sería un pecado", murmuró distraída, centrada en la oveja.

"Entonces, ¿por qué no me dejas acompañarte y yo te empujo?"

"Ya sé que no lo harás". Le dedicó una sonrisa que le llegó al corazón. "Colin, no puedo dejarla aquí en medio de la tormenta. Algo le pasa".

Colin pensó en levantarla en brazos y obligarla a regresar al priorato. Era más fácil imponer su voluntad que razonar con una mujer tan decidida. Pero su comentario de que sabía que él no le haría daño lo conmovió profundamente. Más de lo que debería.

Frustrado, se puso de pie y miró alrededor.

"¿Te alegraría si la llevamos a un lugar seco?"

Ella lo miró con esperanza.

"Puedo llevarla hasta el muro donde estuve hace dos noches. Está bien resguardado. Incluso podría encender un fuego, traer algas y hacerle una cama seca". Una chispa divertida brilló en sus ojos. "Hasta podría subir a tu desván y bajarle uno de tus vestidos de lana. Tal vez cantarle algo".

"Te estás burlando de mí". Las gotas de lluvia brillaban como joyas en su rostro.

"Sólo quería medir cuánto te importa este animal. Porque no pareces tener problemas en dormir a la intemperie durante una tormenta helada, pero cuando se trata de..."

"Con ayudarme a llevarla hasta ese refugio basta".

Tess le tendió la mano y él la tomó al instante, poniéndola de pie. A pesar del trabajo físico que realizaba en la isla, le sorprendió la suavidad sedosa de su piel. Soltó su mano de inmediato.

Makyn prefería caminar que dejarse cargar, pero sus pasos eran lentos y vacilantes. Tess se adelantó, y cuando Colin guió a la oveja hasta el lugar, ella ya le había preparado un lecho de algas secas.

"Sin fuego", dijo en voz baja antes de que él dijera nada. "Y entraré, siempre que no me impidas salir a verla de vez en cuando".

Colin se contuvo y simplemente asintió.

Makyn se acomodó, pero seguía apática. El viento y la lluvia arreciaban. Con el paso del tiempo, Colin notó que el frío empezaba a afectar a Tess. Agachada junto a la oveja, comenzó a temblar.

"Prometiste entrar".

Tess asintió y se puso de pie. Tal vez se levantó demasiado rápido, porque Colin la vio tambalearse y extender la mano. Cuando él la tomó para sostenerla, otro impulso, l de abrazarla y besarla, se apoderó de él.

Ella lo miró, inocente y vulnerable, y sus ojos se abrieron con asombro. Por mucho que deseaba besarla, vaciló. Comprendió que aprovecharse de la situación sería un error, y esa conciencia lo sacudió como agua helada. Bajó las manos de inmediato. Sin decir una palabra, se alejó a grandes zancadas por el páramo hacia los acantilados.

Había sentido deseo por mujeres antes, pero lo que sentía por aquella muchacha isleña era distinto. Nunca se había enfrentado a pensamientos tan conflictivos entre lo correcto y lo deseado. Sólo quería un beso. Sólo un beso, se repetía. Entonces, ¿por qué lo embargaban la culpa y la confusión?

Llegó a los acantilados y contempló el mar embravecido. De pronto, el clima no podía competir con la tempestad dentro de él.

¿Desde cuándo se había vuelto tan difícil cortejar a una mujer?

Capítulo Seis

Un momento antes, Tess se había sobresaltado al ver la intensidad en el rostro de Colin. Y al siguiente, mientras lo veía alejarse, deseaba con todo su corazón que volviera y la rodeara con sus poderosos brazos. Se dio cuenta de que anhelaba de nuevo ese escalofrío en el estómago.

Todas las preguntas sobre su vida en soledad, preguntas que hasta entonces había logrado ignorar, se alzaban ahora, desafiantes, ante ella. Incluso esa sensación de seguridad que había construido en su mente se había desintegrado en apenas dos días. Y todo lo que podía sentir ahora era una tensión áspera y peligrosa.

Colin Macpherson había trastornado su vida... y ahora tenía el descaro de salir en plena tormenta.

Tess entró y se cambió por ropa seca. Al cabo de unos minutos, salió a ver a Makyn, que no se había movido. No había ni rastro de Colin. Volvió a entrar y pasó un rato en el desván, bajo el tejado. Inquieta, bajó y se sentó junto al fuego, cardando lana. Pero no pudo quedarse quieta mucho tiempo. Salió de nuevo. Entró otra vez. Y volvió a salir. Colin seguía sin aparecer.

Pensó en ir a buscarlo, pero decidió no hacerlo. A medida que el día se desvanecía en el crepúsculo, el viento seguía soplando, aunque ya no tenía el mismo propósito. Incluso el mar espumoso parecía extenderse más allá de lo imaginable, hacia el horizonte.

La idea de que Colin se fuera sin decirle nada... sin siquiera despedirse... comenzó como un frío punto en su mente y fue creciendo hasta convertirse en una tortura. Sin embargo, ya no quedaban barcos en la isla. Poco después de la muerte de Garth, el pequeño *currach* se había destrozado en una tormenta de invierno, cuando las olas lo estrellaron contra las rocas. A Tess no le había importado entonces, y ahora se alegraba de ello. Pero eso no impedía que alguna embarcación del continente pudiera estar ya en el mar. Podían ver a Colin desde lejos, llevarlo con ellos. Y si ese era su destino, si no volvían a verse nunca más, ella se sentía tan impotente como ante todo lo demás en su vida.

Ya había oscurecido cuando finalmente lo oyó subir los escalones. Se alisó la trenza que llevaba y se acomodó un mechón rebelde detrás de la oreja. Miró su vestido desgastado y deseó tener algo mejor para ponerse. La emoción que la recorría no se parecía a nada que hubiera sentido antes.

Colin entró en la habitación iluminada por el fuego, empapado y con expresión agotada.

Para no mirarlo directamente, Tess se agachó ante el hogar, levantó un caldero con el brazo de hierro que sobresalía de la pared y lo balanceó sobre el fuego.

"Pensé que tal vez habías decidido arriesgarte en el mar", dijo. "Sólo hay unas leguas hasta tierra firme. No sería un mal baño".

Tess le sonrió por encima del hombro e intentó fingir indiferencia. Colin caminó hacia su cama y Tess ignoró el crujido de las conchas bajo sus botas.

"No puedo decir que no lo haya considerado".

SU CONFESIÓN le dolió un poco, pero Tess tragó la decepción y centró su atención en el caldo humeante.

"Debe de ser la comida lo que te retiene aquí, entonces".

"¡No! Son estas malditas conchas. Cada vez me gustan más".

Tess lo miró por encima del hombro, pero su respuesta se quedó atrapada en la garganta. Colin, de espaldas, se quitaba la camisa mojada. Al girarse bruscamente, la sorprendió observándolo.

"Yo..." Tess sintió cómo el calor le subía al rostro. Apartó rápidamente la mirada e hizo un gesto hacia la escalera. "Hay... quiero decir, Garth tenía una camisa limpia, si quieres algo seco".

"Esta manta bastará". Su voz era baja y áspera, y ella no se atrevió a volver a mirarlo.

"He hecho caldo. Y queda pescado ahumado. También hay pan duro. No sabe tan mal con el caldo, y...".

"¿Ya comiste?"

Ella asintió.

"No hace falta que me atiendas, Tess. ¿Por qué no haces lo que sueles hacer por la noche? Yo me las arreglo solo".

Cuando él se acercó al hogar, ella se alejó instintivamente por la habitación. Se sentó en su lecho y se apoyó contra la pared fría. Recogió un pequeño saco de conchas del suelo y las vertió sobre su regazo. Ya había hecho un orificio a cada una con un punzón y ahora comenzó a ensartarlas en un hilo de cuero. Lo observó mientras sumergía un cuenco en el caldo.

Colin se había echado una manta sobre los hombros. Pero de vez en cuando ella lograba ver su pecho desnudo. Tess se sentía deliciosamente traviesa.

"¿Y qué haces con todo eso?"

Sabía que se refería a las conchas. "Las convierto en... cosas".

"¿Qué tipo de cosas?"

Se encogió de hombros. "Cosas bonitas".

"Entonces, ¿por qué nunca te he visto usarlas?"

Tess lo vio tomar el cuenco con caldo y un pedazo de pan seco y dirigirse a su cama, al otro extremo de la habitación. La manta se le deslizó por un hombro, pero, para su desilusión, él la recogió y se la acomodó otra vez.

"Porque no son prácticas para llevar".

"Si no lo son, ¿por qué las haces?"

"Porque me gusta coleccionarlas... y mirarlas". Señaló los hilos de conchas que colgaban de las vigas. "Y me gusta coleccionarlas porque camino por la playa en busca de cosas. Y busco cosas porque nunca se sabe qué tesoro puedes encontrar".

"O qué problemas", murmuró él mientras se dejaba caer en la cama. Estuvo a punto de sentarse sobre el regalo que ella le había dejado. "¿Qué tenemos aquí?" Preguntó, alzando la flauta de madera.

"Es un *cuisle*, por supuesto. Lo encontré hace años, arrastrado entre las rocas". Lo vio maniobrar con todo lo que tenía en las manos mientras se acomodaba, apoyado contra la pared, de frente a ella.

"Ya lo veo. ¿Sabes tocarlo?"

Ella negó con la cabeza.

"Siempre que soplo... suena horrible. Ni Garth ni Charlotte lograron sacarle una nota decente".

"¿Pero has oído a alguien más tocarla?"

Asintió, aunque con duda.

"Tengo recuerdos vagos... de una niña que salía a escondidas de su habitación y bajaba sigilosamente por unas viejas escaleras para escuchar a unos músicos ambulantes. Cantaban, bailaban y..."

Tess se detuvo de pronto, sorprendida por lo vívidas que eran aquellas imágenes. Bajó la mirada hacia el montón de conchas en su regazo, tratando de contener las lágrimas repentinas provocadas por ese recuerdo. Pero no tenía pasado. Durante tanto tiempo había recordado tan poco de su vida anterior al día en que el mar la arrojó a estas costas rocosas...

"¿Quieres que toque algo?"

Tess asintió y se enjugó rápidamente una lágrima mientras él dejaba a un lado la comida y se llevaba la flauta a los labios.

Tras unos intentos torpes, Colin comenzó a tocar una melodía tan extrañamente solitaria y, al mismo tiempo, tan reconfortante. Era una canción que a Tess le resultaba familiar, como si formara parte de ella. Parte de su infancia, pensó. Las notas llenaron el espacio entre ellos. El aire vibraba con la emoción que Colin imprimía a la música. Tess lo vio cerrar los ojos. Sus dedos, sus labios, su respiración... parecían extraer los secretos de su alma.

Dejó caer las conchas sobre su regazo. En su mente vio un árbol solitario, bajo y retorcido por el viento. Junto a él, se imaginó a sí misma sola en aquella isla, intentando recordar desesperadamente su rostro, la sensación de su tacto... aquella melodía... durante el largo tiempo en que él ya no estaría. Luego pensó en la soledad que él sentiría, separado de los suyos.

Cuando terminó la canción, tocó otra... y otra más... y otra después. Finalmente, dejó el instrumento en el suelo.

Cuando las notas se desvanecieron, Tess se enjugó otra lágrima.

"Tocas de maravilla".

"Es un instrumento antiguo... muy especial".

"Quiero que lo tengas". Cuando él empezó a negar con la cabeza, ella insistió. "Me diste el don de volver a escuchar música. Por favor".

"Gracias. Pero, ¿hay algo que pueda hacer... bueno...?"

Antes de irme, pensó Tess, terminando en su mente las palabras no pronunciadas. Se irá, se recordó. Pronto.

"Ya lo hiciste", susurró ella, bajando la mirada hacia las conchas que yacían en su regazo.

La tristeza que crecía en su interior le dolía cada vez más. Ya había perdido antes a personas queridas. Había tenido que aprender a adaptarse, a confiar solo en sí misma. Pero esta vez, con Colin, sabía que el dolor sería distinto. Charlotte y Garth eran mayores. Había llegado su hora. Pero perder a Colin... eso sería otra cosa.

Colin terminó de comer y se quedó observando la flauta. Tess se recostó contra la pared en silencio, esforzándose por seguir ensartando conchas que ya no le parecían tan hermosas. Poco después, ambos se acomodaron temprano para dormir, pero a Tess, el sueño se le escapaba y los minutos se convertían en horas. Podía oír los murmullos del viento allá afuera. Poco a poco, el fuego se redujo a brasas y la oscuridad llenó la habitación.

En algún momento de la noche, cuando la respiración acompasada de Colin indicaba que ya dormía, Tess se levantó y salió, echándose la capa sobre los hombros al cruzar la puerta. Por primera vez en días, el viento había amainado hasta convertirse en una brisa marina, y el frío era soportable. Alzó el rostro al cielo y respiró profundamente. Si tan solo pudiera deshacer el nudo de soledad que sentía en el pecho...

Makyn aún no había parido, lo cual sorprendió un poco a Tess. Sin embargo, se sentía demasiado inquieta como para sentarse junto a la oveja. El aroma del amanecer ya flotaba en el aire. Se puso en pie y empezó a caminar hacia la costa rocosa.

El mar, el aire, el cielo... todo parecía más calmo.

Pero no dentro de ella. Sin la distracción del viento y la tormenta, la realidad de su situación en la Isla de May se imponía con mayor fuerza. En todos los años que llevaba allí, nunca se había planteado la posibilidad de dejar la isla. Ni siquiera había imaginado vivir en otro sitio. La sola idea la aterraba.

A veces aún tenía pesadillas. Imágenes fugaces de una niña aterrorizada corriendo por pasillos y corredores oscuros. También había otros recuerdos, rostros sin nombre que aún la perseguían.

Habían pasado once años, y cada vez sentía menos deseos de descubrir las respuestas que había dejado atrás. Charlotte y Garth la habían protegido y cuidado, y Tess se había ido convenciendo de que era mejor olvidar. Nunca había pensado en nada más allá de vivir el resto de su vida allí.

Se apoyó sobre una roca y dejó que el agua helada le mojara los zapatos. Al mirar a su alrededor, se dio cuenta de que estaba justo en la roca donde había arrastrado a Colin días atrás. ¿Cómo podía haber cambiado todo tan rápido?

Había llegado como una tormenta a May. Como una tormenta, había revuelto su vida y todo lo que ella creía necesitar. Inquieta y confundida, se pasó un mechón de cabello por detrás de la oreja y se protegió del viento que soplaba sobre el mar gris verdoso.

Entonces, muy al norte, los vio cabalgando sobre las olas. Sintió el pánico apoderarse de su pecho y forzó la vista para asegurarse.

Barcos.

Venían por él.

———

COLIN SE DESPERTÓ DE GOLPE. Se incorporó, sin saber si Tess lo había llamado o si lo había soñado. Miró enseguida hacia el otro lado de la habitación. Su cama estaba vacía.

Volvió a oír su voz. Venía desde afuera, desde la casa del priorato. En un instante ya estaba de pie, echándose la camisa al cuerpo justo cuando ella entró corriendo.

"Ya vienen", dijo sin aliento. Era un torbellino de movimiento. Colin no creía que ella supiera siquiera que le había bajado la camisa por la cabeza y que le ajustaba el cinturón en el hombro. "Por el lado este de la isla. Los vi. Tenemos que encender un fuego... darles una señal para que sepan que estás aquí".

Tess seguía hablando con rapidez. Sus dedos se movían con agilidad mientras intentaba ayudarlo a vestirse. Pero ni una sola vez lo miró a los ojos.

"Es importante dónde hagas la señal. Si enciendes el fuego junto a la ensenada, será una invitación para que desembarquen allí. Pero si lo haces en la roca alta, sólo será una advertencia para que se mantengan alejados de los arrecifes".

Ella continuó, pero Colin no tenía prisa. La luz de la mañana proyectaba un tinte azulado sobre la estancia. Sus mejillas estaban sonrojadas. El olor del mar y del aire salado la envolvían como el aroma más exótico.

"Ven conmigo", dijo, sorprendiéndose a sí mismo.

Todos los movimientos de Tess cesaron al instante. Unos ojos oscuros, asombrados, se clavaron en los suyos.

"Sí. Ven conmigo, Tess. Te llevaré a las Highlands. Mi familia te recibirá con los brazos abiertos. Te gustará el castillo de Benmore... y podrás quedarte allí todo el tiempo que desees".

"No", susurró. "No puedo".

Él intentó acercarse.

"Tess—"

"No lo hagas", dijo con más firmeza, retrocediendo un paso. "Pero debes irte. Ahora. Por favor... ahora... Haz que te lleven de vuelta al continente".

Colin dudó. Su mente se llenó de argumentos, pero sabía que ella ya los había oído todos.

"Y, por favor, no hables de mí. No digas nada de que Garth y Charlotte han muerto. Por favor".

Él asintió, sin ganas.

Ella se agachó, tomó la flauta y se la puso en la mano.

"Ahora vete".

No le dejó otra opción. Frustrado. Dolido. Con un espasmo de desesperación recorriéndole el cuerpo, Colin salió de la habitación y cruzó el páramo rumbo al mar.

Capítulo Siete

Tess sacudió la cabeza, tratando de borrar de su mente el eco de aquellas palabras. Su familia. Su gente. Ella no era más que una desconocida que había aparecido en su vida durante una tormenta. Colin no necesitaba una complicación como Tess en su vida.

Caminó hasta el edificio en ruinas de la capilla, observándolo hasta que desapareció por la cresta de la colina. Ni una sola vez miró hacia atrás.

Se obligó a contener una lágrima. Sintió que un sollozo le subía a la garganta, y luchó por ahogarlo.

Se había ido.

El impulso de huir bullía en su interior. La injusticia de lo que la esperaba por delante la laceraba por dentro. Pensó en él, de pie junto a aquella capilla en ruinas, mirando hacia dentro. Tess no pudo soportarlo más y se volvió hacia los acantilados del oeste. ¿Pero adónde podía ir para escapar de sus pensamientos sobre él?

Sin embargo, antes de dar un paso, el balido de Makyn irrumpió en su angustia.

Corrió hacia el animal. La oveja preñada seguía tumbada sobre el lecho seco. Eso no era normal. Si no estuviera teniendo dificultades, ya habría dado a luz. Tess se agachó de inmediato y, remangándose, intentó examinarla. Había asistido a muchos partos de Makyn y de otras ovejas. La mayoría de las veces, simplemente se echaban y parían uno o dos corderos. Pero una o dos veces, había visto a Garth intervenir para ayudar.

Tess dejó a un lado sus emociones y se concentró por completo en el animal que luchaba.

"Vamos, madre. ¿Qué está pasando?"

Makyn seguía gimiendo, pero no se movió cuando Tess empezó a examinarla. No tardó en descubrir la causa del problema. Podía sentir la cabeza del cordero, pero sólo una de sus patas había entrado en el canal del parto. La otra estaba trabada, impidiendo el nacimiento. Si no intervenía, Makyn y su cría podían morir.

Un momento de pánico se apoderó de ella. No recordaba qué hacer. Ninguno de los partos que había presenciado había sido tan complicado. Pero los gemidos de Makyn la devolvieron al presente, y se obligó a centrarse en el momento.

"Tenemos que resolver esto ya, ¿cierto?"

Tess se obligó a ignorar las grandes cantidades de mucosidad teñida de sangre que empapaban las algas secas. Cerró los ojos y, guiándose por el tacto, empujó al cordero suavemente hacia atrás, creando espacio. Luego deslizó los dedos alrededor del hombro, tanteando en busca de la patita atascada.

Sus dedos la encontraron. De algún modo, se había enganchado contra el borde de la pelvis de la oveja. Con cuidado, comenzó a tirar de ella hacia el canal.

El efecto fue inmediato. En cuanto la pata quedó libre, Makyn retomó el proceso. Primero aparecieron las dos patas. Después, las rodillas y la nariz. Tess contuvo la respiración cuando la oveja hizo una pausa, y luego, con el siguiente esfuerzo, salieron la cabeza, los hombros y, finalmente, el resto del cuerpo.

Las lágrimas rodaban por el rostro de Tess mientras se sentaba sobre los talones, asombrada, justo cuando un segundo cordero nacía sin ninguna dificultad.

Makyn actuó con naturalidad y comenzó a limpiar a sus crías. Uno era blanco. El otro, casi negro.

La risa de Tess se mezcló con sus lágrimas mientras observaba a la nueva familia. Los animales eran mucho más fuertes que las personas, pensó al ver cómo los corderos intentaban ponerse de pie. Makyn se levantó, se sacudió y luego se recostó a unos pasos de ellos.

"De nada", susurró Tess, soltando un suspiro de alivio.

Las nubes corrían por el cielo, aunque el viento era ahora apenas una brisa. El sol de la mañana brillaba con fuerza. El pensamiento de Colin interrumpió el momento, y ella miró con el ceño fruncido hacia la colina del este. El peso en su pecho regresó de inmediato. Tess empezó a secarse las lágrimas, pero al mirar sus manos, sus brazos y su manga, notó que estaban cubiertos de fluidos. Al levantarse, se dio cuenta de que la parte delantera de su vestido también estaba empapada y manchada.

Dio media vuelta para ir a cambiarse, pero se detuvo en seco.

"Y yo que pensaba que te pasarías el día suspirando por mi partida".

COLIN LA VIO PARPADEAR UNA, dos veces, como si no pudiera creer lo que veía. Se alejó de la pared de la vieja iglesia y dio un paso hacia ella.

"¿Y ésa es toda la bienvenida que me das?"

"Tú... sigues aquí".

Él echó un vistazo a su vestido sucio y a su rostro manchado de lágrimas. Sin duda era un desastre. Pero para él, estaba hermosísima.

"¿Por qué? ¿Por qué no te fuiste?"

"Decidí que el mar seguía demasiado agitado", respondió mientras se acercaba. "Y también estaba el problema de confiar mi vida a unos desconocidos. Después pensé en qué pueblo regresarían esos pescadores. Y, bueno, tampoco estoy seguro de poder encontrar el camino de vuelta al castillo de Benmore".

"No son razones muy sólidas".

"Puede ser". Tocó la flauta que colgaba de su cinturón. "La verdad, muchacha, es que nadie había elogiado mi talento musical hasta ahora. ¿Cómo iba a marcharme así?"

Ella sonrió, aunque negó con la cabeza.

Se detuvo a un suspiro de distancia. No se tocaban, pero ella podía sentir el calor que emanaba de su cuerpo. Colin alzó la mano y enredó un dedo en un mechón de su cabello. El rostro de Tess se alzó hacia él.

"¿Por qué volviste?", insistió.

"No pude irme, Tess. No sin ti".

Nuevas lágrimas surcaron sus mejillas, y un mundo de esperanza brilló en sus ojos oscuros como gemas.

Colin lanzó una rápida mirada hacia los animales. "Ha sido lo más asombroso que he presenciado. Cómo la ayudaste... sentí algo... no sé cómo describirlo. Nunca antes algo me había hecho sentir así. Mirarte... mirarlos".

Sus mejillas se tiñeron de rojo. "No hice gran cosa. Fue Makyn. Sólo fue la naturaleza actuando".

Ambos miraron a los corderos, que ahora mamaban. Todo parecía tranquilo.

"Bueno, esos bichitos ya están bien. Pero tú, muchacha, eres la que necesita cuidados". Colin empezó a guiarla de regreso a la casa. Se detuvo junto al pozo y sacó un gran cubo de agua.

"Deberías haberte ido con los pescadores. Al quedarte, sólo complicas más las cosas... para los dos", dijo en voz baja cuando entraron. "Tu lugar es allá afuera. Entre personas de verdad. Tu gente. Y yo pertenezco a otro lugar".

"No creo que debas quedarte aquí, Tess. Las personas que te cuidaban ya no están. Los religiosos que poseen esta isla sólo te verán como una molestia".

Esta vez, ella no respondió. Colin dejó el agua junto al hogar y avivó el fuego hasta que el frío empezó a disiparse.

Tess se lavó las manos y el rostro, luego tomó el vestido que había usado aquella primera noche y lo descolgó del gancho.

"Date la vuelta".

"Déjame ayudarte, Tess".

"Será mejor que me vista sola".

"Me refería a ayudarte con tu pasado".

"¡Oh!"

"Y con el vestido", añadió, sin poder evitarlo.

Ella le apoyó las manos en los hombros y lo giró físicamente. Colin reprimió una sonrisa y se acercó a la ventana. A lo lejos, las crestas del mar brillaban bajo el sol.

Había presenciado algo más que un parto aquella mañana. Al observarla, había visto su fortaleza y decisión... pero también su frustración, sus miedos y su tristeza al mirar hacia donde él había desaparecido. Que un ermitaño, o incluso una pareja, eligiera una vida solitaria era una cosa. Pero que alguien como Tess, tan joven, viviera así... no estaba bien.

"¿Somos amigos, Tess?", tuvo que preguntar.

"Yo... nunca había tenido un amigo antes que tú. Así que supongo que sí".

"Entonces, ¿confías en mí?", preguntó sin volverse. "¿Me crees cuando digo que me importa tu seguridad... que me importas tú... como amiga?"

"Lo creo".

Su respuesta inmediata le dio a Colin el valor que necesitaba. "Entonces, ¿por qué no me cuentas cómo llegaste a vivir en la Isla de May? ¿Y por qué estás tan empeñada en quedarte?"

Pasó un largo momento antes de que ella respondiera. "Me necesitan aquí".

"Tess, esta isla no te necesita". No oyó movimiento detrás de él, así que se volvió. Ella ya se había cambiado y estaba junto al hogar, trenzando su cabello en silencio. "No pretendo menospreciar lo que hiciste hoy, ni nada de lo que haces aquí. Pero durante siglos, estos edificios se han mantenido en pie, y seguirán en pie mucho tiempo más. Lo que no puedes ignorar es el verdadero riesgo de vivir *sola* en esta isla".

Ella no alzó la vista. Colin dejó que su frustración se notara en la voz. "Cada año pasan cientos de barcos por aquí... y cada vez son más. Hay muchos hombres allá afuera que no son... bueno, tan decentes como yo. Tess, no puedes imaginar lo despreciables que algunos pueden llegar a ser si te encuentran sola aquí".

Ella le dio la espalda.

Colin acortó la distancia y la tomó suavemente por los hombros, haciéndola girar.

"Abandona esa obstinación. Te lo ruego, como amigo. Háblame. Déjame ayudarte".

"No puedo irme contigo a tu pueblo". Sus ojos oscuros eran decididos.

"¿Por qué no?"

"Porque... no soy indefensa. Puedo cuidarme sola".

Luchó contra el impulso de sacudirla. "Y lo harás. Pero no necesitas quedarte aquí para demostrarlo. Nadie pensará que eres débil sólo por regresar conmigo".

Ella se encogió de hombros y retrocedió. "Ha pasado tanto tiempo", murmuró. "Ya ni siquiera sé cómo vivir entre la gente".

"Garth y Charlotte eran personas. Yo también lo soy".

"No lo entiendes".

"Entonces hazme entender".

Se presionó las sienes con los dedos y volvió a darle la espalda.

"*No* voy a rendirme, Tess". Volvió a acercarse. Esta vez tomó su mano entre las suyas y la sostuvo hasta que ella se volvió hacia él. "Hazme entender".

El silencio flotaba en la habitación como la niebla sobre el lago Ness.

Colin no la soltó, pero tampoco habló, mientras la lucha interna de Tess se reflejaba con claridad en su rostro.

"Pertenecemos a lugares, Colin", exclamó por fin. "Tú perteneces al castillo de Benmore. Yo pertenezco..."

"No empieces otra vez". Las palabras salieron más duras de lo que pretendía. "La gente se muda a nuevos lugares y forja nuevas vidas todo el tiempo".

"Pero esa gente tiene a alguien... alguien con quien ir. No están completamente solos". Le soltó la mano y se abrazó a sí misma. "Yo no tengo a nadie, Colin. A nadie. Y me da un miedo terrible perder lo poco que tengo aquí. Por muy peligroso que te parezca vivir en May, es todo lo que tengo".

Se dio la vuelta con rapidez y subió las escaleras hacia el desván. Colin la observó en silencio, viendo cómo desaparecía peldaño tras peldaño.

Se volvió hacia el fuego, conteniendo el impulso de seguirla.

Por todos los demonios, acababa de terminar la universidad. Era el momento de vivir sin ataduras, de perseguir sus sueños en alta mar. Vivir como un corsario. Tomar lo que quisiera, cuando quisiera. Era su momento de tener cien mujeres en cien puertos... sin preocuparse de nada.

Y, sin embargo, otra voz dentro de él le recordaba que hacía apenas una hora había tenido la oportunidad de marcharse... y no lo hizo. Eligió quedarse. No sin Tess. Por San Andrés, *todo* se estaba complicando demasiado.

Colin comprendió que su confusión era una batalla aparte, que tendría que resolver más adelante. Subió tras ella.

Arriba, la encontró sentada con las piernas cruzadas junto al viejo cofre marino, el mismo que había abierto la vez anterior que estuvo ahí. La tapa estaba alzada, y ella manipulaba algo en su interior.

"Tal vez pueda ayudarte con eso", dijo con suavidad. "Quizá no estés tan sola como crees. Puede que haya alguien allá afuera que sea tu familia. Si al menos pudieras decirme cuándo llegaste a la Isla de May, podría...".

"Seis". Seguía concentrada en lo que tenía en las manos. "Tenía seis años".

Colin la vio sacar un vestido infantil del arcón y colocarlo sobre su regazo. Recordó el que había visto abajo, entre trapos viejos. Luego sacó un gorrito. Después, unos zapatos. Y finalmente, una cruz enjoyada. La miró con atención.

"Hubo un naufragio. No sé si hubo más sobrevivientes. Pero yo fui la única que llegó con vida a estas costas".

Se acercó y se arrodilló a su lado.

"¿Tus padres estaban en ese naufragio?"

"Ojalá lo supiera". Se apresuró a secar sus lágrimas.

"Recuerdo mi nombre, mi edad... pero todo lo demás está envuelto en una niebla espesa".

"Pero hay cosas que sí recuerdas. Anoche, cuando toqué esa melodía... algo se despertó en ti. Ya la habías oído antes".

"Sí. A veces los recuerdos me asaltan de repente. Rostros sin nombre, lugares desconocidos. Otras veces, es como si mi mente creara una escena y yo la observara desde fuera. Es como un sueño... como si no formara parte de él. Pero luego todo vuelve a desdibujarse. No tiene sentido". Su voz temblaba. "Y también están las pesadillas. Hay una que vuelve una y otra vez".

Colin le estrechó la mano con fuerza.

"¿Puedes contármela?"

Vio cómo le temblaba la barbilla. Ella respiró hondo.

"Siempre es de noche. Hay ruidos fuertes... gritos. Veo a una niña corriendo, asustada. Tiene manchas oscuras en el camisón, en las manos, en los pies. Lleva algo en la mano. Hay pasos detrás de ella. Alguien la persigue. Y entonces se encuentra de frente con un muro de fuego. No tiene adónde ir. Y los pasos están justo detrás de ella. Siempre me despierto en ese instante. Con el pecho agitado. Llorando".

Su voz se quebró y Colin la atrajo hacia él. Tess no se resistió.

Lloró suavemente contra su pecho, y Colin tuvo que tragar el nudo que le cerraba la garganta.

"Lo siento, Tess. Lo siento mucho. Esa niña... debías de ser tú".

Apoyó los labios en su cabello y le acarició la espalda con ternura. La oleada de protección que lo invadió fue tan fuerte como inesperada. Debió de haber habido un ataque, en donde fuera que ella vivía antes. Pero ahora que le confiara recuerdos tan dolorosos comprendió cuánto había llegado a confiar en él.

"¿Cómo te encontraron Garth y Charlotte?"

"Arrastrada a la orilla. Justo en el mismo lugar donde te encontré a ti. Estaba inconsciente".

"¿Llevabas esto puesto?" Señaló la ropa infantil.

Ella asintió, apartándose un poco de su abrazo.

"Lo que hay en este arcón es lo único que me queda de aquella vida". Tess apretó la cruz contra el pecho.

"Esta cruz... ¿podría ser la que llevabas en el sueño?"

Ella lo miró directamente.

"No. Era otra cosa. Las pesadillas son tan reales que casi puedo sentirlo. En la palma tengo un broche. No esta cruz".

Una chispa se encendió en la mente de Colin. Con el pulgar, le secó las lágrimas de las mejillas y la miró de frente.

"¿Puedes describírmelo? ¿Lo has visto claramente en tus sueños?"

Ella asintió.

"Sí. Un par de veces lo vi muy nítido. Y después..."

Se detuvo y volvió a hurgar en el fondo del arcón. Sacó un objeto plano envuelto en cuero.

Colin siguió con la mirada el movimiento de su mano mientras lo desenvolvía.

"No lo encontré hasta hace un mes, después de que Garth y Charlotte murieran. Estaba escondido aquí, en el fondo del cofre".

Sostenía un broche. Incluso en la penumbra, Colin distinguió la piedra roja montada en una pieza de plata labrada.

"Es el broche que he visto en mis sueños. Es el mismo que la niña lleva en la mano". Se lo entregó.

Colin lo tomó. En el reverso del robusto alfiler estaba grabado un cisne elevándose sobre una corona. Rodeándolo, en el anillo de plata, leyó el lema. 'Endure Fort.' Contuvo el aliento. Lo conocía. Significaba "Resiste con valor."

"Creo... creo que debía de llevarlo cuando llegué a la orilla. Pero no entiendo por qué Garth y Charlotte lo escondieron todos estos años. Nunca me dijeron nada".

"Lindsay", susurró Colin. "Es el escudo del clan Lindsay, en las Highlands de Angus".

"¿Cómo lo sabes?"

"Las tierras de los Lindsay están justo al este de las nuestras. Sólo los clanes Farquharson y Gordon se interponen entre ellos y los Macpherson".

Colin retrocedió en el tiempo. Había algo que zumbaba en el borde de su memoria. Once años atrás. Él tenía nueve.

"Debió de ser más o menos cuando tú desapareciste, que Sir Stephen Lindsay, el laird del castillo de Ravenie, murió en un atentado".

Miró sus ojos oscuros, su cabello castaño. Había parecidos, sin duda. Entonces los recuerdos lo golpearon. Las historias que había oído...

"Sí. Aquella misma noche, durante el ataque, su única hija fue raptada por hombres del propio laird, entre ellos guerreros y sirvientes. Nunca se volvió a saber de la niña. Algunos pensaron que había muerto también. Otros creyeron que la ocultaron por temor a que quienes asesinaron a su padre la buscaran. Creo que jamás se descubrió quiénes fueron los atacantes".

Tess lo miraba con los ojos muy abiertos. Lágrimas brillaban en su piel, y una expresión de incredulidad dominaba su rostro.

"Pero creo que aún hay muchos que esperan el regreso de esa hija", dijo Colin, acunando su rostro entre las manos y mirándola a los ojos.

"Como tu madre, Tess".

Capítulo Ocho

Tess estaba segura de haber oído mal.

"¿Qué dijiste?"

"Lady Evelyn Lindsay, que antes de casarse con tu padre se llamaba Evelyn Fleming, sobrevivió al ataque y al incendio del castillo. Ahora lo recuerdo con claridad. Tu madre está viva y a salvo. Vive en algún lugar de las Lowlands, o quizá en los Borders, cerca de su familia."

El súbito destello de esperanza fue tan inesperado que no supo cómo reaccionar.

"¿Cómo... cómo sabes todo esto?"

"Todo Highlander conoce lo que ocurre con los clanes vecinos. Las noticias vuelan como el viento, y ésta no fue una noticia menor. Además, como te dije, sólo los clanes Farquharson y Gordon se interponen entre los Lindsay y los Macpherson. Somos prácticamente vecinos."

"¿No estarás diciendo todo esto sólo para... convencerme de que me vaya contigo?"

"¿Qué te parece?"

Su mano grande y suave aún acunaba su rostro. Tess miró el mar azul de los ojos de Colin y encontró allí la respuesta.

"No... creo que no lo harías." Las palabras salieron de sus labios justo cuando la magnitud de lo que acababa de oír empezaba a abrirse paso en su interior.

Sabía su nombre. Sabía quién era. De dónde venía. Su madre estaba viva. Ya no estaba sola. No tenía por qué pasar el resto de su vida en esa isla, temerosa e insegura ante el porvenir.

La comprensión llegó como un torbellino, desbaratando sus emociones. No sabía qué pensar primero, ni qué hacer. Su madre estaba viva. Soltó una risa, y las lágrimas empezaron a caer.

Su padre había muerto. Tess no lo recordaba, pero el solo hecho de saberlo le arrancó una pérdida súbita y nueva. Las preguntas se agolpaban. La confusión de aquella noche, lo que había visto y vivido, había quedado enterrada tan hondo, tan sellada dentro de sí.

"Lo siento, Tess. Sé que es mucha información".

"No. Gracias." Lo abrazó con tanta fuerza que no quedó espacio entre sus cuerpos. "Gracias... gracias."

Estaba tan absorta en su dicha y en sus pensamientos que tardó en notar el cambio en él. Colin seguía abrazándola, pero algo había en la rigidez de su cuerpo, una tensión que Tess reconoció de inmediato. Se apartó.

"Hay algo más que no me estás diciendo", murmuró, secándose las lágrimas del rostro.

Él negó con la cabeza.

"Todo esto ocurrió hace muchos años. Me molesta no recordar más... no tener presentes los detalles sobre quiénes estaban supuestamente detrás del atentado."

Tess le puso una mano en el hombro y se incorporó. El poder de las pesadillas estaba en lo reales que parecían. Tal vez, pensó, en cuánta verdad contenían. Si miraba hacia atrás con el suficiente empeño, si se obligaba a reconstruir cada imagen de sus sueños, tal vez lograra recordar más de lo que en realidad había presenciado.

Pero ahora había otro asunto urgente: la persona en la que se había convertido. Tess se miró el vestido sencillo, andrajoso; sus manos ásperas por el trabajo. Pensar en lo que una dama como Lady Evelyn podría pensar al ver a la joven que afirmaba ser su hija, la angustiaba.

Colin pareció leerle el pensamiento.

"Tess, sé que debes estar ansiosa por reunirte con tu madre", dijo mientras se ponía de pie, "pero ¿por qué no vienes primero conmigo al castillo de Benmore? Solo por un tiempo, hasta que podamos enviar un mensaje a tu madre y organizar vuestro encuentro."

Ya una vez había rechazado esa invitación. Pero ahora, Tess sabía que algo había cambiado.

Once años eran mucho tiempo. Cualquiera que hubiese sido el lazo con su madre, ahora parecía frágil, sobre todo considerando lo poco que recordaba. Aun así, quería verla. Al menos una parte de ella lo deseaba. Pero Colin... Colin era la única persona en quien realmente confiaba. Su único amigo. Y un nuevo pensamiento empezó a surgir en su mente.

"Sí. Iré contigo al castillo de Benmore. Pero cuando... cuando llegue la respuesta de mi madre, ¿me llevarás con ella?"

"Si eso es lo que deseas."

Colin le tomó la mano y entrelazó sus dedos con los suyos. No dijo nada más, pero Tess pudo ver cuánto esfuerzo hacía por expresar lo que sentía en lo más hondo de su ser.

"No hay razón para dudar de lo que vimos, milord", gruñó el fornido pescador a Alexander Macpherson. "A menos que el propio San Adrián se haya puesto una falda escocesa y camine sobre las rocas, te digo que había un Highlander en esa isla. Y nunca antes habíamos visto a uno de los tuyos por allí".

"¿Te llamó? ¿Te hizo señas para que desembarcaras? ¿Mostró alguna señal de que necesitaba ayuda?"

"No. Nada de eso. El muchacho solo nos miraba, observando nuestras seis barcas pesqueras. Luego se dio la vuelta y desapareció tierra adentro".

"¿Y no fuiste tras él?"

"¿Para qué? Por nada." El hombre se encogió de hombros. "Y teníamos que pescar. Después de una tormenta así, el mar siempre es generoso. Los demás siguen allá afuera, mi señor. Yo solo regresé porque anoche oí a uno de tus hombres en la taberna. Dijo que ofrecías una recompensa a quien ayudara a encontrar a tu hermano. Estoy pensando que tal vez cometí un error al venir aquí."

"No. Hiciste bien."

El pescador siguió al Highlander hasta la puerta del camarote y esperó mientras Alexander daba órdenes a su oficial de a bordo.

"No parecía estar en problemas", añadió el hombre cuando el patrón del barco terminó. "Y no está solo en esa isla. Auld Garth y su esposa llevan una eternidad viviendo allí. No puedo decir que les guste la compañía, pero son gente que nunca niega un plato caliente o un rincón seco a quien lo necesita."

"Muy bien", dijo Alexander, sacando una bolsa de oro de su cinturón y tendiéndosela al hombre. "Me aseguraré de que recibas más de esto si ese hombre que viste resulta ser mi hermano".

"Sí, mi señor. Le deseo lo mejor". Con una agilidad sorprendente para su corpulenta figura, el pescador trepó por la borda y subió a su *currach*.

Era demasiado esperar, pensó el Highlander mientras apartaba la vista del hombre que remaba hacia la orilla. Pero ya habían buscado a Colin al norte y al sur a lo largo de aquella costa sin hallar rastro. Con cada hora que pasaba, las esperanzas de Alexander de encontrarlo con vida disminuían.

Y entonces, aquel pescador había llegado con su barca cubierta de piel hasta el puerto.

Tal vez, después de todo, san Adrián no había terminado con sus milagros.

SERÍA difícil dejar a Tess con sus parientes, pensó Colin mientras cruzaba la isla a paso firme.

Recordaba otras cosas. Cosas que no podía contarle. Insinuaciones, acusaciones, susurros, rumores. Historias que podían haber sido pura verdad... o el anhelo amargo de un clan que había perdido a su laird. En realidad, el clan Lindsay jamás había logrado justicia por el asesinato de sir Stephen, quienquiera que lo hubiera cometido. Aun así, Colin era consciente de que sus recuerdos se basaban en fragmentos sueltos de lo que, años atrás, había escuchado a comerciantes y músicos viajeros mientras recorrían las tierras de los Lindsay. Tenía certeza de que nada de eso merecía preocupar a Tess ahora.

Una hora después, encendió una gran hoguera en el punto más alto de la isla, y otra en los acantilados orientales. No tenía dudas de que Alexander llegaría pronto, incluso sin la ayuda de aquellas señales. Pero lo que le preocupaba era cómo reaccionaría Tess cuando llegara el momento de partir.

Frunció el ceño al recordar la melancolía que la envolvió apenas tomó la decisión de marcharse. Pero Colin lo comprendía. Aquella isla era su hogar. Allí había vivido la mayor parte de su vida. Aquel santuario en ruinas era el único lugar donde podía ser ella misma, sin preocuparse por ser aceptada o rechazada.

Colin le había dado el espacio que necesitaba. Había salido él mismo a encender las hogueras. Pero ahora, mientras el cielo y el mar comenzaban a calmarse, no podía evitar pensar en los temores que sin duda la asaltaban.

Regresó al edificio.

El exterior, las escaleras, incluso la gran sala principal, se habían transformado en su ausencia. Todo estaba limpio, barrido. Asombrado, Colin vio las conchas apiladas junto a la puerta.

Mientras contemplaba los cambios, Tess bajó los peldaños de la escalera. Llevaba en las manos la ropa de niña, la cruz y el broche. Se miró cohibida el vestido al notar su presencia. Él se dio cuenta de que lo había remendado. "Busqué entre todo lo que Charlotte guardaba allá arriba, pero no encontré nada mejor que esto", murmuró.

"Tess, estás maravillosa tal como estás."

Ella sacudió la cabeza. "Sé que no recuerdo mucho de la vida que dejé atrás, pero puedo imaginar la importancia de los buenos modales, de la ropa adecuada, de saber llevar una casa... todas esas cosas que se consideran esenciales en una joven que quiere causar una buena impresión. Todas esas cosas que, tristemente, no tengo". Se ruborizó.

Colin le tomó las manos de inmediato. "En lo verdaderamente importante, estás mejor preparada que la mayoría de las mujeres que te doblan la edad. Y lo que no sabes, lo aprendes rápido. Pero ahora nada de eso importa." Le levantó el rostro suavemente. "Piensa en la emoción que sentirá tu madre, y tus parientes, al descubrir que estás viva. Piensa en eso, Tess, y todo lo demás se resolverá."

La incertidumbre seguía asomando en sus ojos oscuros.

"Yo... no quiero decepcionarla, Colin."

"No lo harás", aseguró con fervor. "Estás viva, Tess. Viva. Ninguna madre podría desear un tesoro más grande."

Ella lo miró largo rato. Luego bajó la vista hacia los objetos que llevaba.

"¿Y de todo un desván lleno de recuerdos, eso es todo lo que te llevas?"

Tess sonrió. "Estas son las únicas cosas que realmente son mías. Lo demás pertenece a esta isla. Quien sea enviado a cuidarla cuando yo me haya ido deberá heredarlo." Echó una mirada en torno a la habitación. "Pero hay una última cosa que esperaba llevarme."

"Si quieres traer a Makyn y a sus corderitos, no habrá problema."

Sacudió la cabeza. "No quiero arrancarlos de aquí. Ellos también pertenecen a este lugar. Lo que quiero llevar... no pesa casi nada y apenas ocupa espacio. Pero..."

"Cualquier cosa", dijo él. Haría cualquier cosa por ver aquella sonrisa iluminar sus ojos.

"Esas." Señaló el montón de conchas. "En realidad no es para mí, sino para ti. Sé cuánto te has acostumbrado al sonido de ellas crujiendo bajo tus botas, y..."

Sonrió. Iban a sobrevivir a esto.

Ambos lo harían.

La Isla de Mayo era, sin duda, un lugar de milagros.

"Inigualable" era la única palabra que se le ocurría a Alexander para describir la emoción de alivio que sintió al ver a su hermano Colin de pie junto a la ensenada rocosa. Y la misma palabra servía para expresar su asombro al conocer a la bella guardiana del santuario de san Adrián. ¡Pero ni siquiera el capitán del barco sabía cómo describir lo que sintió al enterarse de que se trataba de Teresa Catherine Lindsay!

Alexander recordaba mucho mejor que Colin la oleada de rumores que siguió al ataque contra el clan Lindsay, once años atrás, y la desaparición de la heredera. Él mismo había conocido a sir Stephen Lindsay poco antes de la tragedia. Lo había visto luchar en un torneo organizado por el rey, en el anfiteatro de piedra justo fuera de los muros del castillo de Stirling, el verano anterior. Había escuchado a su propio padre, Alec Macpherson, hablar del valor del Highlander y de su lealtad al rey y a su pueblo. Incluso de niño, Alexander había oído rumores sobre lo beneficioso que sería una alianza entre clanes si él algún día se casaba con la hija del laird de Ravenie.

Y Lady Evelyn Lindsay sí había tenido una hija.

Pero las tragedias de la vida no se detienen ante los planes de los hombres. En una noche fatídica, el laird Lindsay murió, y su hija desapareció. Hasta ahora.

Y Alexander no podía dejar de mirarla. Ya no era una niña.

Tess, envuelta en una capa de cuero, escuchaba con atención al marinero que le explicaba algo sobre el velero que surcaba las olas rumbo al norte.

"¿Puedes prestarme atención un momento?"

Alexander oyó el gruñido apagado de Colin, pero no apartó la vista de la joven.

"¿Qué pasa, hermano? ¿Te sientes ignorado?"

"Rayos, Alexander. Si no me miras, te juro que te lanzo por la borda."

El tono afilado de Colin era inusual. Con cierta reticencia, el capitán del barco apartó la vista de Tess y observó con calma al joven león que tenía a su lado. En tamaño y apariencia, se parecían. Pero Alexander sabía que, en experiencia y juicio, él tenía cierta ventaja sobre su impetuoso hermano menor.

Sin embargo, había algo nuevo en la mirada de Colin. Tal vez fue la caída al mar. Tal vez su tiempo en la isla. Pero algo había cambiado. O quizás, *alguien* lo había cambiado.

"Creí que ibas abajo a ponerte una camisa menos raída."

"Fui. Me cambié. Volví. Pero tú sigues aquí plantado como un mendigo hambriento."

"¿Es cierto, hermano?"

"Sí. Y esa baba en tu barbilla lo confirma."

"Probablemente tengas razón." Alexander se encogió de hombros. "Pero míralo tú mismo. El mar está en calma, el viento es favorable, vamos rumbo al norte, y, por si fuera poco, tengo la dudosa fortuna de devolver a mi hermano menor al castillo de Benmore sano y salvo. Y además tengo frente a mí el rostro encantador de una joven. ¿Por qué iba a moverme?"

"¡Para que la pobre tenga un momento de respiro! ¿No ves que está nerviosa con tanta atención?"

"A mí no me lo parece..."

"No importa cómo se vea", interrumpió Colin. "Tess se pone nerviosa cuando la observan... sobre todo los viejos lobos de mar llenos de viruela y con las piernas arqueadas, como tú. Y desde que subió a bordo, no ha tenido ni un minuto de paz."

"No sé. A mí me parece bastante cómoda." Alexander sonrió. "Y que conste que no tengo viruela. Soy el hombre más limpio que una doncella podría encontrar."

"Qué consuelo... maldito cabrón", bufó Colin.

Alexander le dio una palmada en la espalda. "Tú, en cambio, pareces completamente trastornado." Bajó la voz. "Dime, ¿te has encariñado con ella?"

"No tengo nada que decirte. Solo que fui la primera persona que encontró desde la muerte de los cuidadores. Tess me considera... bueno, un amigo."

"Y veo que te has comportado como un amigo de confianza."

Colin lo miró con sospecha, sin saber si Alexander hablaba en serio o se burlaba de él. Pero su hermano mayor ya se había dado cuenta: la relación de Colin con Tess era distinta a cualquiera que hubiera visto antes. Había en él una actitud ferozmente protectora hacia la joven, algo evidente para todos a bordo. De hecho, nadie había hecho ningún comentario sobre los días, y noches, que habían pasado a solas en la isla.

La suave risa de Tess, provocada por algo que dijo el oficial, llegó hasta ellos. Alexander notó que la mayoría de los hombres la observaban. El ceño fruncido de Colin indicaba que también él se había percatado.

"No se les puede culpar. La muchacha es realmente hermosa", comentó despreocupadamente, preguntándose cuánto tardaría en estallar una pelea. "Y lo mejor es que ni siquiera parece darse cuenta de lo bella que es... lo cual la hace aún más especial."

Una ola profunda hizo temblar la embarcación. Alexander vio al oficial estabilizar a Tess con un toque en el codo. La amenaza de asesinato en el rostro de Colin casi le hizo reír, pero se contuvo.

"Relájate", le sugirió tranquilamente. "Aún queda mucho por delante, antes de que Tess esté a salvo con su clan o con su madre, como decida Lady Evelyn. No puedes dejar que cada mirada te saque de quicio."

"¡Lo sé! Tess cree que el único reto es prepararse para ver a su madre. Pero no se da cuenta de que deberá enfrentarse también a todas las atenciones que despertará. Como heredera del castillo de Ravenie, ¡es rica! Y hermosa. Eso basta para atraer a todos los lobos."

"¿Lobos, dices?" Alexander intentó contener la risa.

"Sí... lobos." Colin estaba serio. "Ella es inexperta. No conoce los peligros. Podría caer fácilmente ante los encantos de cualquiera y..."

"¿Cayó ante los tuyos?"

Colin le lanzó una mirada. "Por supuesto que no. Yo no... la perseguí... Fue una cuestión de honor."

"Entonces te aseguro que", dijo Alexander con una sonrisa, "si logró sobrevivir al encanto de Colin Macpherson durante todos esos días, diría que está perfectamente preparada para ahuyentar a cualquier otro lobo. De hecho, contigo de perro guardián, no creo que nadie se atreva a acercarse a menos de una legua."

Capítulo Nueve

HABÍAN PASADO ONCE AÑOS, pero Tess descubrió que no había olvidado cómo montar a caballo.

Sin embargo, las largas horas que cabalgaron el día que desembarcaron del velero fueron demasiado. Tras abandonar la gran embarcación en la estrecha bahía donde el río Spey se encuentra con el mar, la docena de jinetes se adentró en el sinuoso valle del río. A ambos lados —y cada vez más hacia el sur a medida que avanzaban— se alzaban, como centinelas verdes y grises, las montañas de las Highlands. El aire era limpio y frío, pero al caer la tarde, Tess empezaba a dudar de si alguna vez podría volver a caminar.

Sabía que era culpa suya que los hombres de Macpherson hubieran hecho tan pocas paradas. Le preguntaron a menudo si deseaba descansar. Como ella no se quejaba ni lo pedía, la tomaron al pie de la letra. Así que siguieron adelante.

En cierto punto, el valle Speyside, como lo llamaba Colin, se abría como una zanja larga y amplia entre montañas de cimas redondeadas al norte y bosques de fragantes pinos de troncos rojizos al sur. El río Spey, brillante como una joya, serpenteaba a través del fondo del valle. A Tess se le cortó la respiración ante la belleza de aquel paisaje. Granja tras granja y prados verdes decoraban las laderas, y muchos campesinos salían a saludar, con niños y perros corriendo a su alrededor, a los jinetes que pasaban.

Cuando el sol besaba las colinas del oeste, apareció ante sus ojos el castillo de Benmore. Sobre una colina, Colin le tocó el brazo y le señaló el imponente castillo encaramado en lo alto de un promontorio que dominaba el río. Arboledas de altos pinos se alzaban a cierta distancia al norte del edificio, y varios puentes levadizos cruzaban fosos y zanjas que rodeaban con firmeza los altos muros de piedra. A su izquierda, un puente de piedra atravesaba el Spey con siete arcos. Contempló un instante el ordenado pueblo de construcciones de piedra y madera que se asentaba cómodamente junto a la ribera sur.

Poco después, atravesaron la entrada arqueada y cruzaron el umbral del castillo de Benmore. Tess tiró de las riendas y se colocó al final de la comitiva.

De pronto, imágenes del pasado irrumpieron en su mente. Otro castillo. Otro tiempo. Un niño mirando hacia atrás, desde una entrada similar, en plena noche. Lenguas de fuego asomando por las ventanas. Hombres y mujeres corriendo, gritando. La niña llorando, deseando volver al torreón, pero unas manos fuertes la retenían. Tess contuvo el aliento y frenó a su caballo al sentir que el dolor le trepaba por el pecho.

"¿Vienes?"

Parpadeó. Colin la observaba desde su montura. Miró su mano extendida y, sin dudar, la tomó.

"Volví atrás por un momento. Sentí como si todo hubiera ocurrido ayer." Exhaló un suspiro tembloroso. "Las visiones. Las pesadillas. Era otro castillo. No se parecía en nada a éste. Allí había caos, gritos. Aquí... hay paz." Se interrumpió, avergonzada de su propia comparación.

"Aquí estás a salvo, Tess."

"Lo sé. Lo siento, no debía..."

Colin negó suavemente con la cabeza. "Después de tantos años lejos, es natural que un olor, una imagen, una sombra... despierten lo que llevas en la memoria." Su pulgar acarició con ternura el dorso de su mano. "Irá mejorando, Tess. Confía en tu corazón. Tienes fuerza. Más de la que crees."

Las palabras de Colin la conmovieron hasta lo más hondo. Inspiró profundamente y dejó que aquella seguridad la envolviera. Confiaba en él como no había confiado en nadie.

"¿Cómo puedes ser tan sabio siendo tan joven?", preguntó.

"¿Y eso es todo lo que te interesa de mí? ¿Mi sabiduría?"

Tess sonrió tímidamente ante el brillo travieso de sus ojos azules. No intentó contener los sentimientos que él despertaba con una palabra, una mirada o el simple roce de su mano. Ya no sentía confusión entre lo correcto y lo incorrecto. Ya no podía luchar contra su atracción ni contra el afecto que crecía cada día. Sin embargo, no tardó en notar que otras personas los esperaban. Avergonzada, soltó su mano y apuró el paso de su caballo.

Mientras entraban en el patio interior, Tess quedó maravillada ante la actividad: hombres y mujeres atareados en sus quehaceres, el bullicio de la vida en comunidad. El recinto estaba rodeado de edificios adosados a los muros de piedra. La gente iba y venía, visiblemente feliz, segura y tranquila.

Levantó la vista. En la pared del gran edificio frente a ella, un medallón de piedra mostraba el escudo de armas de los Macpherson. Sus ojos se posaron en el león tallado en la parte superior del emblema.

Miró a Colin, que cabalgaba a su lado, y no pudo evitar decir lo que pensaba en voz baja:

"Veo el parecido... Rubio, ojos azules, majestuoso, indómito, feroz..."

"¡Y hambriento!" gruñó él, con un tono tan bajo que hizo que Tess se ruborizara de nuevo y apartara la mirada.

Para distraerse, contempló todo el patio del castillo. Con sus tres torres, Benmore era más imponente de lo que jamás había imaginado.

Colin, que la leía con facilidad, habló con orgullo:

"Desde fuera parece una fortaleza, lo sé. Pero por dentro... ya lo verás. Benmore es cálido, acogedor. Tiene más comodidades de las que te imaginas."

Tess oyó aquel orgullo en su voz y sintió un anhelo profundo por pertenecer, por formar parte de algo que fuera suyo.

Y allí, sentada en la silla de montar, en el corazón de las Highlands, Tess se hizo una promesa: ya no viviría huyendo. Enfrentaría sus pesadillas. Descubriría su pasado. Y lo abrazaría.

Un grupo de personas se reunía junto a una escalera de piedra que conducía a una gran puerta. Alexander ya se encontraba allí, y un momento después, Colin se unió a ellos. Una mujer pelirroja de impresionante belleza lo abrazó, y un hombre alto y de porte distinguido, con el cabello canoso, envolvió a ambos entre sus brazos con ternura y fuerza.

"No importa cuán viejos, altos o anchos seamos", murmuró alguien a su lado, "nuestros padres nunca escatiman en muestras de afecto."

"Es un privilegio presenciarlo", respondió Tess, girando el rostro hacia el hombre que le hablaba. Estaba de pie junto a su caballo, listo para ayudarla a desmontar.

"Soy James Macpherson, señora. Dos años menor que Alexander, cuatro mayor que ese cachorro de Colin... pero más listo que ambos y capaz de azotarlos juntos." Su sonrisa era contagiosa.

"Soy Theresa Catherine Lindsay". Era la primera vez que pronunciaba su nombre completo, y el sonido le resultó tan ajeno que tuvo que hacer un esfuerzo para contener las lágrimas. Aceptó su ayuda y desmontó. "Gracias."

"Y prefieres que te llamen Tess. Lo sé." Le ofreció el brazo con una inclinación cortés. "En realidad, creo que no hay mucho que no haya podido averiguar sobre ti."

Ella intentó descifrar el tono de sus palabras. James era más alto que sus hermanos y su aspecto era diferente. Su tez era más clara, y Tess adivinó que se parecía a su madre. Llevaba el cabello largo, de un rojo oscuro, suelto sobre los hombros y la espalda. Sus ojos grises brillaban con agudeza e ironía.

"¿Y cómo sabes tanto de mí si apenas acabo de llegar? O, más bien, ¿por qué te has molestado en averiguarlo?"

"Alexander nos avisó."

"Por supuesto."

"Y nos enteramos de que Colin, por desgracia, seguía con vida."

Tess lo miró, sorprendida.

"Sí. Y aunque es demasiado pronto para decirlo, apenas nos conocemos, me temo que tengo el deber de informarte del error que cometiste en la Isla de Mayo al salvarle la vida a ese cachorro."

Tess retiró la mano de su brazo y lo observó con severidad.

"Quería saber más sobre ti. Deseaba comprender por qué lo sacaste del mar. A partir de los pequeños detalles que pude averiguar, deduje que eres desinteresada y valiente. Yo mismo considero esas cualidades heroicas, lo que nos lleva al error que cometiste al no dejar que Colin se ahogara. Verás, Tess, si lo que buscabas era heroísmo, deberías haber intentado salvar algo que lo mereciera... un cachorro de foca huérfano, o una gaviota con un ala rota. En lugar de eso, arruinaste todos nuestros planes cuidadosamente trazados."

"¿Sus planes?", logró decir ella.

James cruzó los brazos sobre el pecho y asintió con la cabeza. "¿No te das cuenta de que fue Alexander quien ordenó lanzar a Colin por la borda? ¡Y qué decepción fue para todos nosotros...!"

Tess ahogó un grito y retrocedió cuando un cuerpo impactó de pronto contra el hombro de James. Sin embargo, el hombre apenas se tambaleó un par de pasos, y Tess se sobresaltó al ver a Colin ocupando el lugar donde había estado su hermano. Le tomó la mano y miró con el ceño fruncido por encima del hombro al sonriente James.

"Mis más sinceras disculpas por haberte dejado sola con este simio parlanchín, Tess." Le ofreció el brazo con naturalidad. "Espero que no te haya fastidiado demasiado con sus tonterías."

"Como siempre, tu sentido del tiempo es pésimo, hermano", replicó James, colocándose al otro lado de ella y enganchando su brazo libre en el de Colin. "Tess y yo debatíamos las ventajas de ahogarte o empujarte desde la torre."

Colin ignoró el comentario y se volvió directamente hacia Tess. "El problema de este tontuelo que tienes al lado es que jamás podrá perdonarme ser más joven y, sin embargo, mucho más inteligente y atractivo."

"Mi problema contigo es que—"

"¿Podrían soltar a esta pobre muchacha para que podamos presentarla como corresponde a nuestros padres?", interrumpió Alexander con severidad. Tess notó al instante las miradas curiosas de quienes los rodeaban. Con delicadeza, liberó sus manos de los brazos de ambos hombres.

"Yo haré la presentación", afirmó Colin con tono posesivo, retomando la mano de Tess.

Mientras caminaban juntos hacia la escalera, Tess sentía que un peso invisible la oprimía con cada paso. Anhelaba causar una buena impresión ante los padres de Colin. Pero todas sus inseguridades resurgieron de golpe. Ya sabía que lady Fiona Macpherson era hermanastra del difunto rey. Nunca en su vida conocería a alguien con sangre más noble. Y también sabía que Alec Macpherson era uno de los lairds más influyentes de las Highlands.

El corazón le latía con fuerza. Pensaba en su capa de cuero desgastada, heredada del viejo Garth, y en lo sencillo de su aspecto. No era más que una joven campesina que había vivido aislada en una roca solitaria en medio del mar.

Cuando llegaron al pie de la escalera, el nudo en su estómago se tensó aún más. La madre de Colin esperaba en silencio junto a su marido. Su larga melena pelirroja caía trenzada en ondas majestuosas sobre la espalda. Sus ojos grises reflejaban la misma intensidad que los de James. Alec Macpherson, por su parte, era una versión mayor y más imponente de Alexander y Colin, pero incluso más alto que James.

"Bienvenida al castillo de Benmore, Tess", dijo el laird con voz profunda y resonante. Ella soltó el brazo de Colin y hizo una cortés reverencia.

"Gracias por recibirme, mi señor... mi señora", murmuró ella, bajando la cabeza. "Siento mucho causarles molestias."

Lady Fiona le alzó suavemente el mentón con la mano y le dedicó una sonrisa cálida.

"No tienes por qué disculparte, niña", dijo con dulzura. "Estamos encantados de tenerte con nosotros. Teníamos muchas ganas de conocerte."

De cerca o de lejos, lady Fiona era la mujer más impresionante que Tess hubiera visto jamás. Pero al mirarla a los ojos, halló en ellos tanta calidez que supo, en lo más profundo, que todo estaría bien entre ellas.

"¡Por fin!", exclamó el laird, atrayendo de nuevo su atención. "Por fin tengo la oportunidad de agradecerle a esta hada marina que salvara la vida de nuestro hijo."

"No hice tal cosa, mi señor. No es que no quisiera salvarlo, pero él estaba... bueno, estaba bien sin mí. No merezco gratitud alguna..."

"Ni culpa, tampoco", soltó James desde atrás, provocando carcajadas a su alrededor.

"Una mujer sabia, diría yo, al no responsabilizarse de él", añadió Alexander, arrancando nuevas risas.

"No les prestes atención", murmuró lady Fiona, lanzando una mirada reprobatoria a los tres hombres.

"No lo haré, milady. Ninguna broma podría ocultar el afecto que hay entre ellos."

Su comentario provocó aullidos de protesta de los tres hermanos, pero sin duda complació a la madre. Tess se dio cuenta de que, en algún momento de aquella presentación, su nerviosismo se había desvanecido por completo.

Lady Fiona le pasó un brazo afectuoso por los hombros y la condujo hacia la puerta. "¿Por qué no entras conmigo? Dejemos que los hombres se encarguen de tus cosas."

Tess sintió que el rubor le subía al rostro. "Me temo que no tengo nada más. Una mujer no necesita muchas pertenencias cuando vive sola en una isla."

Lady Fiona no pareció inmutarse. "Lo comprendo perfectamente, querida. Y creo que puedo ayudarte con eso."

Le tomó la mano con ternura y comenzaron a subir juntas las escaleras hacia el Gran Comedor.

Colin las alcanzó al instante. "¿Les importaría que las acompañe?"

"No. No puedes", respondió Fiona con decisión, haciéndole un gesto para que se quedara y guiñándole un ojo a Tess.

Cuando Tess miró hacia atrás, Colin estaba de pie en el último escalón, con una sonrisa resignada. Detrás de él se acercaban sus dos hermanos. Alec Macpherson observaba todo con expresión apacible. Al entrar, Tess oyó un grito y luego vítores provenientes del patio.

"¿Colin está en problemas?"

"Siempre", respondió lady Fiona con una sonrisa. "Creo que sus hermanos planean usarlo como ariete."

"¿No le harán daño?", preguntó Tess, preocupada.

La dama le dio unas suaves palmaditas en la mano. "No te preocupes por él, querida. Puede que sea el menor, pero nunca ha tenido problemas para defenderse. Y cualquier lío que Alexander y James puedan causarle es una nimiedad comparada con lo que Colin suele provocarles."

"Pero ha estado en la universidad. ¿Qué clase de problemas podría haber causado desde allí?"

Lady Fiona bajó la voz con tono confidencial. "He aprendido a no preguntar. Desde que estos chicos se convirtieron en hombres, discuten sobre caballos, mareas, religión, política y cosechas. Y me apena decir que una de cada dos discusiones gira en torno a alguna joven. Imagino que, con tu llegada, Alexander y James ven una oportunidad perfecta para ajustar cuentas con Colin por todos los tormentos que les ha hecho pasar."

Tess no comprendía del todo el alcance de aquella afirmación. Pero tenía la sensación de que, tal vez, era mejor no saberlo.

Mientras cruzaban el umbral del Gran Salón, repleto de vida y movimiento, lady Fiona presentó a Tess a un anciano mayordomo llamado Robert. El rostro delgado del hombre se iluminó con una sonrisa al comprobar que no había baúles ni equipaje esperando.

"Tan parecida a usted, milady."

"Mucho, en efecto", asintió Fiona con agrado, recordando su propia llegada a Benmore. "Y olvida los arreglos previos, Robert. Me gustaría que Tess se alojara en la habitación Roundtower."

Cuando el mayordomo se hubo marchado apresuradamente, lady Fiona se inclinó hacia Tess y le susurró confidencialmente al oído: "Ésa es mi habitación favorita. Fue la misma en la que me alojé la primera vez que puse un pie en el castillo de Benmore. Sé que te encantará".

El torrente de emociones no se hizo esperar. De algún modo, Tess logró murmurar su agradecimiento, aunque no existían palabras suficientes para describir lo bienvenida que lady Macpherson la había hecho sentir.

"No te preocupes por los albañiles que ves por ahí." La mujer mayor hizo un gesto despreocupado hacía unos hombres que salían de la sala, evidentemente finalizando su jornada. "Parece que el destino del castillo de Benmore es estar siempre en obras. Mi suegra se empeñó en cambiar y mejorar el lugar. Y ahora que nuestros hijos han crecido y están empezando sus propias vidas, me encuentro haciendo lo mismo con mi tiempo."

"El Gran Salón es realmente magnífico." Tess dejó que su mirada recorriera la imponente estancia. Cada una de las paredes enlucidas estaba cubierta de tapices coloridos y colgaduras bordadas en fieltro, terciopelo, seda y damasco. También el suelo estaba adornado con alfombras ornamentadas, lo que la sorprendió, pues nunca había visto alfombras en el piso. Éstas eran tan bellas que fácilmente podrían haber colgado de las paredes. Detrás de ellas, el bullicio de los trabajadores del castillo y de los guerreros que comenzaban a entrar en fila llenaba el aire de risas y buen humor.

En lugar de subir directamente, lady Fiona condujo a Tess hacia un arco que daba a la izquierda, y juntas entraron en la tranquilidad de un largo pasillo.

Mientras avanzaban, Tess preguntó a su anfitriona por la historia del castillo y las evidentes mejoras que se habían realizado. Fiona Macpherson se mostró encantada con su interés y se esmeró en mostrarle cada habitación por la que pasaban. Le enseñó las renovaciones más recientes y aquellas que se habían ido introduciendo poco a poco a lo largo de los últimos treinta años.

El orgullo de lady Fiona por el lugar al que llamaba hogar era evidente. Tess admiró las ventanas de cristal emplomado, las chimeneas recién construidas, la cocina renovada y la cervecería. Luego subieron un nivel, a unas habitaciones de invitados más pequeñas justo encima. Al llegar al otro extremo del castillo, Tess se encontraba maravillada por el esfuerzo y la evidente inversión destinados a su renovación.

Sin embargo, al echar una mirada a la mujer pelirroja a su lado, no pudo evitar preguntarse si su propia madre se parecería en algo a lady Fiona. También pensó si el castillo de Ravenie habría albergado tanta felicidad si su padre siguiera vivo y ella nunca hubiese sido arrebatada de su hogar.

No tenía respuestas.

Instantes después, su anfitriona la condujo por una escalera de caracol. Tess contuvo la respiración al entrar en la habitación Roundtower que ocuparía durante su estancia en el castillo de Benmore.

"Es absolutamente exquisita."

"Recuerdo haber pensado lo mismo", susurró Fiona, de pie junto a ella en la puerta.

La habitación era amplia y luminosa, con ventanas de cristal emplomado que, además de proteger del frío, ofrecían una vista panorámica de las colinas. En cada una, el alféizar de roble en forma de arco era lo bastante ancho como para sentarse. Había una chimenea preparada para encender el fuego nocturno, y una gran cama con dosel y cortinas bordadas se alzaba majestuosa contra una pared interior. El suelo, también de roble, estaba parcialmente cubierto por una alfombra hecha a mano que dejaba ver el brillo de la madera.

"No he cambiado nada." Fiona tomó la mano de Tess y la condujo hacia el centro de la estancia. "Es maravilloso cuánto tenemos tú y yo en común."

"¿De verdad?" respondió Tess, sorprendida.

Lady Fiona asintió, ayudándola a quitarse la capa y haciéndola sentarse con ella en un banco junto a una mesita.

"Cuando era niña, también fui separada de mi familia. El castillo de Drummond, donde vivía con mi madre, fue atacado la misma noche en que iba a conocer a mi padre por primera vez. Me fui de allí sabiendo que tal vez jamás volvería a ver... a mis padres." Su voz vaciló un instante, pero sus dedos eran cálidos y firmes mientras sostenía la mano helada de Tess. "Y, como tú, fui criada en la sencillez, lejos de las comodidades y el lujo que ofrece una buena familia."

"Pero tú eras hija de un rey. Yo..."

"Para las monjas que me acogieron, yo era una niña desplazada, no muy distinta de lo que tú fuiste para la pareja que te crió." Acarició con ternura su mano. "Pero no quiero hablar de mí. Sólo he compartido esto para que sepas que entiendo por lo que estás pasando. Yo estuve en tu lugar. Y créeme, pasará."

Tess bajó la vista hacia sus manos entrelazadas. "Estoy tan nerviosa. Hay tantas cosas que no recuerdo ni sé. Tantas cosas que me faltan en educación, en modales, en... lo que sea que se espera de una joven bien criada. Me llenó de alegría saber que mi madre está viva. Pero ahora me aterra la idea de ser una decepción para ella." Sabía que estaba hablando demás, pero no podía contenerse. "Y ya le enviamos un mensaje en cuanto tocamos tierra. Podría llegar aquí en cualquier momento y... sé que me descubrirá."

"Créeme cuando te digo que entiendo tus preocupaciones por ver a Lady Evelyn. Pero debes saber desde ya que estará menos disgustada contigo que con nosotros." Fiona le tocó suavemente la rodilla antes de que pudiera replicar. "Hay algo que quizá nadie te ha dicho aún: tu madre tiene un prejuicio muy arraigado contra los Highlanders."

"Pero... se casó con mi padre."

"Sí, fue un matrimonio concertado. Pero antes de eso era Evelyn Fleming, criada por sus parientes en la región de los Borders, al sur de las Lowlands, casi en la frontera con Inglaterra. Dicen que su corazón siempre permaneció allá. Muchos creen que, durante todos sus años en el castillo de Ravenie, nunca aceptó del todo su vida con tu padre. Para ella, los Highlanders eran bárbaros. Odiaba estar aquí."

Tess sintió una punzada de desilusión. Desde los modales atentos de Colin en la Isla de Mayo hasta la calidez que había recibido de los Macpherson, todo lo que había vivido contradecía esa visión. Pero mientras pensaba en ello, una idea aún más inquietante se formó en su mente: ella era una Lindsay... y también una Highlander. ¿Significaba eso que lady Evelyn podría rechazarla?

"Nunca conocí a tu madre, pero tu padre era un buen amigo de mi esposo. Las pocas veces que vi a sir Stephen, me impresionó su orgullo por ti." Fiona apretó con cariño su mano. "Y eso es lo que debes recordar, Tess. Te pareces a él. Tienes su espíritu. Deberías sentirte orgullosa de tu fortaleza, de cómo sobreviviste. 'Resiste con valor' es el lema de tu familia, y tú lo has honrado con creces. Para mí es evidente, aunque sólo sea por cómo responden mis tres hijos ante ti, que eres una joya valiosa, Tess. No dejes que nadie te convenza de lo contrario."

Capítulo Diez

Alexander y James se miraron el uno al otro antes de volver sus rostros cautelosos hacia su hermano menor. La multitud de hombres que los rodeaba estalló en carcajadas.

"Sí, lo has hecho", respondió el mayor, sentado sobre las piernas de Colin. "Siempre estás pidiendo cosas."

"Cada vez que empiezas a perder, suplicas como un fraile desesperado", añadió James, que con gran esfuerzo mantenía clavados al suelo los brazos y las manos de Colin.

Lo habían arrastrado a los establos en cuanto su madre y Tess desaparecieron en el Gran Comedor. Aquellas luchas eran una tradición que se remontaba a la infancia de los hermanos Macpherson, siempre aplaudidas por los habitantes del castillo. A lo largo de los años, incluso habían generado más de una apuesta.

Con los dos mayores firmemente al mando, los hombres empezaron a dispersarse.

"¿Os he pedido alguna vez un favor?" repitió Colin.

Los dos Highlanders volvieron a intercambiar una mirada antes de asentir al unísono.

"No funcionará, zorro", dijo James, sacudiendo la cabeza. "No después del lío que me causaste con la muchacha Macgregor aquella vez, en la Navidad."

"¿Y recuerdas la historia que le contaste a esa preciosa francesa en el palacio de Falkland el verano pasado?", gruñó Alexander. "Algo sobre que mi esposa y mis dos hijos enfermos llegarían en cualquier momento, si no mal recuerdo."

"Si crees que vamos a tener piedad de ti..."

"...puedes quitártelo de la cabeza", terminó Alexander. "Siempre logras salir ileso, pero ya es hora de que enfrentes las consecuencias. Y ahora que esa Tess te ha atrapado el corazón..."

Alexander ni siquiera vio venir la patada hasta que se estrelló contra la pared del establo. James, siendo más corpulento, opuso mayor resistencia, pero Colin logró liberarse, torciendo el brazo de su hermano y presionándole el rostro contra el suelo mientras Alexander intentaba recuperar el aliento.

"Escuchadme bien, pavos reales engreídos", advirtió Colin, consciente de que su ventaja sería breve. "Es cierto que he disfrutado atormentándolos en el pasado, pero si se toman un momento para pensar, recordarán que ustedes jamás se tomaron en serio a ninguna de esas chicas. Como mucho, buscaban una o dos noches de... fuera lo que fuera."

"¿Nos estabas protegiendo?" James se rió con sarcasmo. "¡Nuestro ángel guardián! Suéltame, Lucifer."

Alexander bajó la voz. "¿Nos estás diciendo que hay una razón real para no arruinar tus posibilidades con esta Lindsay mientras esté aquí?"

"¡Sí!" exclamó Colin, apasionado. "Si sólo quisiera una aventura, la habría cortejado en la isla y ahí habría quedado todo. Pero estoy... bueno, ella confía en mí. Y no voy a permitir que vuestros chismes le hagan dudar de su juicio."

"¿Que diablo dices?", refunfuñó James, incrédulo. "No creas que puedes conmovernos con esa sarta de tonterías."

"Sí... si confía en ti, la pobre ya empieza mal", murmuró Alexander.

"Lo digo en serio", insistió Colin, poniéndose de pie con impaciencia. "Ustedes no la vieron en la isla. Yo sí. Vi su confusión, su lucha por comprender quién era y qué futuro le aguardaba. Tuvo que armarse de muchísimo valor para dejar May y regresar con nosotros. Tess no puede permitirse dudar de sí misma ahora. Ya carga con demasiada incertidumbre. Hasta que encuentre paz con su pasado, me siento responsable por ella. Y eso incluye protegerla de ustedes dos, simios con mandíbula suelta."

"Creo que esa chica te dio alguna poción en la Isla", dijo Alexander, medio en serio.

"Podría ser fiebre", sugirió James. "¿No inhalaste algún humo raro por allá?"

"No me ha hechizado, ¡maldición!", gruñó Colin, cada vez más irritado.

"Eso dices", comentó Alexander. "Pero desde que te trajimos de la isla, tienes estrellas en los ojos."

"¡Diablos!" soltó Colin. "Sí, es hermosa, pero eso no es... ¡Por todos los cielos, esto es muy confuso!"

"Ya nos dimos cuenta", se rió James.

"Escuchad, lo único que importa es que Tess encuentre a su familia y logre establecerse."

"Está bien", dijo Alexander, más serio. "¿Qué quieres de nosotros?"

"¿Y qué nos darás a cambio?", añadió James con una sonrisa maliciosa.

"No quiero bromas ni estupideces. Sólo pido vuestro mejor comportamiento. Y tal vez un poco de respeto."

"Ahora sí que te has pasado", respondió Alexander, inexpresivo.

"Lo digo en serio. Necesito tiempo para saber cómo ayudarla mejor. Necesito estar con ella, apoyarla como un verdadero amigo." Su mirada se tornó intensa. "Y eso significa sin vuestras interrupciones ni comentarios infantiles."

Los dos hermanos mayores intercambiaron otra mirada antes de que James hablara.

"Bueno, cachorro, puede que sea la mejor forma de quitárnoslo de encima. Así que sí, puedes contar con nosotros."

FIONA HABÍA ASEGURADO a Tess que estaría más que presentable si Lady Evelyn llegaba de improviso.

Pero Tess no tenía la menor idea de lo que la señora del castillo de Benmore tenía preparado en secreto.

Poco después de que Fiona se fuera, llegó un grupo de trabajadores con una bañera y cubos de agua humeante. Tess no recordaba haber experimentado jamás semejante lujo. Mientras se remojaba en el agua perfumada con jazmín, sintió cómo desaparecía el dolor de las horas pasadas a caballo, y sus músculos cansados se relajaban. Apenas hubo salido de la bañera, la costurera y las ayudantes de Lady Fiona llegaron a la puerta con estrictas instrucciones de medirla y vestirla.

Se llevaron el viejo vestido de Tess. Con una nueva camisa de seda que jamás había visto ni sentido, Tess se subió obedientemente a un taburete.

Durante lo que le parecieron horas, aunque tal vez fueron sólo minutos, la costurera y sus ayudantes le probaron y ajustaron varios vestidos a medio confeccionar, prendas que Tess sospechaba estaban destinadas originalmente al guardarropa de Lady Fiona.

Mientras las mujeres cortaban y cosían a su alrededor, Tess conversaba con cortesía y disfrutaba perdiéndose en sus acentos de las Highlands cuando hablaban entre ellas. Pero en algún momento de aquella laboriosa sesión, su mirada se deslizó con anhelo hacia los pliegues profundos de la cama decorada con vivos colores. El colchón parecía blando como una nube.

"¿Queréis ver ahora a esta belleza?"

"Yo digo que, con una mirada de nuestros muchachos, no se irá jamás de Benmore."

Tess ni siquiera se había dado cuenta de que hablaban de ella hasta que la costurera colocó un espejo contra la pared.

"Mírate, niña. Seguro que haces palidecer a la mismísima luna."

Tess no reconoció a la joven que la miraba desde el cristal plateado. Nunca en su vida había llevado un vestido tan hermoso. El corpiño marfil, entrelazado con hilos dorados, se ajustaba a su figura esbelta y se ensanchaba en una falda larga y amplia bajo sus caderas. Las mangas ceñidas le abrazaban los brazos, y los puños de terciopelo se extendían sobre sus dedos. Tess bajó la mirada al escote y se sonrojó ante lo revelador del corte.

"No os preocupéis por eso, ama", dijo la costurera, que había seguido la dirección de su mirada. Fue hasta un arcón y regresó con un trozo de tela escocesa Macpherson. En un instante lo colocó ingeniosamente sobre el hombro de Tess.

"Esto es absolutamente hermoso", susurró Tess, maravillada por su reflejo. "Pero, ¿a quién pertenece este vestido?"

"Éste iba a ser de Lady Fiona, aunque sólo lo mandó hacer para agradar al laird. Lo mismo con esos otros." La mujer señaló unos vestidos sobre la cama. "Quería que os los quedarais... hasta que podamos hacer algo más a vuestro gusto, ama."

"Pero son tan bonitos", dijo Tess tímidamente. "Esto es demasiado. Ya he causado suficientes molestias y..."

"No, niña. La señora está disfrutando de verdad con todo esto." La mujer le regaló una sonrisa desdentada. "Sin hijas que cuidar, y con tres hijos valientes y apuestos que ya deberían estar buscando esposa, diría que vuestra presencia aquí es más bienvenida de lo que pensáis."

Tess intentó ocultar su rubor al bajar del taburete. Las mujeres, charlando alegremente, se dedicaron a colgar los vestidos restantes y a recoger sus cosas.

Buscar esposa. Tess se llevó las manos frías a las mejillas encendidas mientras aquellas palabras resonaban en su mente.

El recuerdo del tiempo con Colin en la Isla de May estaba grabado para siempre en su corazón. Cada instante que compartieron, cada palabra, la imagen de su sonrisa, el destello en sus profundos ojos azules, todo eso vivía en su memoria.

Acarició el pañuelo de tartán.

Pero Colin tenía sus propios planes. Lo había dicho él mismo, y Tess lo había vuelto a oír de boca de Alexander en el camino a Benmore. Colin soñaba con el mar, con tomar el mando de su propio barco y vivir una vida libre y emocionante.

Se acercó a la mesa junto a la cama y tocó el broche de Lindsay. Las palabras de Lady Fiona sobre el matrimonio concertado de sus padres le volvieron a la mente. No pudo evitar preguntarse si su propio matrimonio algún día sería también una cuestión de conveniencia. Su madre había abandonado las Highlands tras la muerte de su padre, y Tess se preguntaba por qué. ¿Qué secretos escondía el castillo de Ravenie? Prendió con cuidado el broche al tartán de los Macpherson y se dijo que no tenía sentido atormentarse con pensamientos así ahora.

La costurera y sus ayudantes se despidieron tras recoger sus cosas. Lady Fiona había prometido enviar a alguien a buscarla cuando todo estuviera listo.

El bullicio del Gran Comedor llegaba claramente a través de la puerta. No conocía a casi nadie allá abajo. Había pasado tanto tiempo alejada de las multitudes que la sola idea de estar en una gran asamblea le resultaba intimidante. Y ni siquiera sabía cuáles eran las costumbres ni los modales adecuados en la mesa.

Se volvió a mirar en el espejo y se preguntó si Colin aún tendría algo que ver con ella, ahora que había regresado a su mundo. Sería natural que tomara distancia. Pero ella deseaba, con todo su corazón, que no lo hiciera.

Tess se recogió el largo cabello oscuro y lo dejó caer sobre un hombro. Colin la conocía. La entendía. Entre ellos no había fingimiento. Ella ya no tenía un hogar, pero con él sentía algo parecido a lo que significa pertenecer. Ojalá él sintiera algo, aunque fuera una fracción, de lo que ella sentía por él.

No. Tess sabía que eso era demasiado pedir.

———

MALDITO NERVIOSISMO, pensó Colin, mirando fijamente la puerta. ¿Por qué habría de estar nervioso?

Por todo. Solo por eso.

Inspiró hondo y llamó.

Debía de estar esperando justo al otro lado, porque la pesada puerta de roble con herrajes se abrió de inmediato. Y al verla, volvió a quedarse sin aliento.

A la luz dorada de decenas de velas esparcidas por la habitación, estaba absolutamente deslumbrante.

"¿Estás... lista?"

"Estoy intentando estarlo. Pero... ¿quieres entrar primero tú?"

Sabía que no debía entrar, y ahora se lo recordaba. Colin sabía lo débil que se volvía su fuerza de voluntad al acercarse a ella. Aun así, dio un paso dentro de la habitación. No pudo evitarlo.

"Estás tan... tan..."

Antes de que pudiera terminar la frase, Tess le tomó la mano y cerró la puerta tras él.

"...maravillosa. Pero no creo... lo que quiero decir es..."

Tess lo soltó y retrocedió.

Parecía tan nerviosa como él, pensó Colin, viéndola tomar distancia.

"Te he echado de menos", se le escapó por fin.

Un rubor profundo coloreó su rostro con una belleza indescriptible.

"Estás impresionante, Tess". Frunció el ceño. "El problema es que no sé si confiar en mis hermanos para que te escolten abajo. He intentado..."

"Tú también luces muy bien", lo interrumpió ella tímidamente, pero Colin no pasó por alto la forma en que sus ojos recorrían su figura. Ella dio un paso hacia él, y él luchó contra el impulso de abrazarla.

"Les dije a mis padres que..."

Las palabras se le quedaron atrapadas en la garganta cuando Tess se echó inconscientemente el cabello por encima del hombro. El tartán se deslizó ligeramente, revelando la suave curva de su piel por encima del escote. Tragó saliva con dificultad.

"No sé qué estaba pensando mi madre. Este vestido no es apropiado."

"¿No servirá?"

"Este vestido..." Colin cruzó la habitación con la intención de acomodarlo, pero al instante siguiente ella estaba en sus brazos y él la rodeó con fuerza. El tiempo pareció detenerse cuando su mirada se posó en su rostro y luego en sus labios.

"Sólo necesita..."

Su boca descendió hasta rozar suavemente la de ella. Era tan suave, tan perfecta.

Tess, mirándolo a los ojos, alzó una mano temblorosa y se tocó los labios antes de rozar los de él, como si memorizara su textura. El simple gesto hizo latir su corazón con fuerza.

Colin no pudo evitar besarla de nuevo. Esta vez, sin embargo, toda la pasión contenida en su interior se volcó en el contacto de sus labios.

"Esto me parece tan bien", susurró Tess sin aliento al separarse. "Hacía tanto que deseaba que hicieras esto."

Al oírla, Colin soltó sus costados y dio un paso atrás, maldiciéndose en silencio. Tess le tocó el brazo y lo miró fijamente.

"¿Qué pasa?"

Ella era como un ángel, y él se sentía como el mismísimo demonio. Era el único en quien confiaba aquí, y estaba dispuesto a aprovecharse de esa confianza. Por fin, encontró su voz.

"Nada", dijo bruscamente. "Le dije a mis padres que te acompañaría al Gran Comedor."

"Por supuesto". Su voz no pudo ocultar una nota de tristeza. "Estoy lista."

"Te he lastimado."

Ella negó con la cabeza y trató de girarse, pero él la tomó de la mano.

"Tess..."

"Todo esto es parte del juego, ¿verdad? Ese juego del que hablaste alguna vez, el que juegan las mujeres. No debo decir lo que siento. Ser sincera no está permitido. Debe ser otra de esas cosas que me faltan por aprender."

"No, Tess. Se trata de mí, de lo que siento por ti. De preocuparme tanto que sólo quiero hacer lo correcto. Se trata de responsabilidad... y de proteger tu buen nombre."

"Todo esto es tan... tan..." Sacudió la cabeza y las lágrimas rodaron por sus mejillas. "Puede que me falte mucho del mundo, Colin, pero sé cuándo alguien no me quiere."

"Eso no es verdad. Nada me daría más placer que demostrarte cuánto te deseo." Le secó las lágrimas con ternura. "Pero no me aprovecharé de ti. No puedo permitir que la atracción que sentimos nos haga cruzar una línea que luego puedas lamentar. Tienes muchas cosas que resolver. Tienes que encontrar a tu familia. Hacer las paces con tu pasado."

"Eres tan noble", susurró con la voz entrecortada. "Y yo tan... vil."

"Eres todo menos eso. Si hay alguien malvado aquí, soy yo, por haberte tentado." Colin se inclinó y presionó los labios suavemente sobre el dorso de su mano. "No volverá a pasar, Tess. Te lo prometo. Necesitas saber que estás segura conmigo."

"Sí que lo sé", respondió ella con tristeza, retirando la mano. Luego caminó hacia la puerta.

Capítulo Once

Cuando entraron en el Gran Salón festivo, el aire se llenó con los sonidos de la música y el jolgorio. Grandes fuegos crepitaban en las chimeneas, y la comida y la bebida eran transportadas por los trabajadores del castillo, adornados con cintas brillantes y seguidos por perros esperanzados. Varios hombres desfilaban tocando la gaita, seguidos por niños del pueblo que bailaban alegremente tras ellos. Por todas partes, risas y alegría envolvían a los recién llegados, y nadie pareció notar su entrada al principio.

Tess echó un vistazo a las largas mesas rebosantes de hombres y mujeres de todas las edades. Vio a guerreros Macpherson y a marineros con los que habían viajado, mezclados entre ellos. En el estrado, el laird y su dama se veían claramente felices con los festejos. Tess no pudo evitar preguntarse si el castillo de Ravenie alguna vez había sido como Benmore. Volvió a mirar las mesas y, por un instante, imaginó otros rostros, otro tartán, otro clan. Una compañía de rudos Highlanders sentados al final de una mesa de tablones, con grandes bandejas de comida ante ellos. Sus botas cubiertas de barro, sus mantos de viaje empolvados.

Salió de su ensoñación al notar el silencio repentino en la sala. Los músicos dejaron de tocar, y todos los ojos se posaron en ella. Tess intentó dar un paso atrás, pero Colin le tomó la mano con firmeza. Bajó la mirada al vestido destinado a Lady Fiona. Vio el tartán Macpherson sobre sus hombros, sostenido por el broche Lindsay, y se preguntó si el silencio se debía a que una forastera portaba ese emblema. Ni siquiera se le había ocurrido pensar si era apropiado vestirlo. Su mente buscaba desesperadamente otra explicación para semejante reacción.

"¿Qué he hecho?", preguntó inquieta.

"Los has dejado sin aliento con tu resplandor", le susurró Colin con suavidad. "Por lo que habían oído, creo que esperaban encontrar a una niña salvaje... o a una altiva dama de las Lowlands, como tu madre."

"Pero no soy ninguna de las dos cosas", murmuró.

"Lo sé. Y ahora ellos también lo saben. Además, llevas un tartán Macpherson. Para ellos, eres una visión hermosa y bienvenida."

"Quizá no debería..." Tess sintió que se le encendían las mejillas y trató de apartarse. "Tal vez yo..."

Colin, en lugar de soltarla, la guió con delicadeza hacia el estrado. Al mirar hacia delante, Tess vio que el laird, su dama y sus dos hijos mayores estaban de pie esperándolos.

El laird de los Macpherson se adelantó a la mesa para recibirlos. "Por fin tengo el honor de presentar a nuestra propia hada a un clan agradecido."

Tess hizo una reverencia profunda. "El honor es mío, milord."

Alec Macpherson le tomó la mano, y sus ojos azules brillaron con aprobación al levantarla. Luego la giró hacia la multitud reunida en silencio en el Gran Salón.

"Es para mí un honor... un privilegio... presentaros al ángel a quien todos debemos la vida del joven Colin. Con gran placer, os presento, buena gente del clan, a Theresa Catherine Lindsay, única hija de mi amigo, el difunto Sir Stephen Lindsay."

El laird hizo una pausa, y la sala estalló en vítores. Tess se sintió abrumada por el reconocimiento inmerecido, pero antes de que pudiera recobrarse, el laird abrió los brazos y ella lo abrazó sin pensarlo. Sus poderosos brazos la rodearon con ternura. Al cabo de un momento, la soltó, aunque la mantuvo sujeta por los hombros.

"Tu padre estaría muy orgulloso de verte esta noche, Tess." Le besó la frente, y Tess luchó por contener la emoción que brotaba en su interior. Había tanto que necesitaba saber sobre su padre, sobre lo que le había ocurrido, sobre los secretos del castillo de Ravenie. Al separarse de él, se vio envuelta en los brazos de Lady Fiona.

"Estás excepcionalmente hermosa. Y te conduces con la nobleza de una reina", le susurró al oído. "No temas más, niña. Estás lista para ver a tu madre, cuando llegue ese día."

EL RECUERDO del beso no abandonaba la mente de Tess. Horas después, aún sentía el cosquilleo en los labios, el latido en el pecho. Al mismo tiempo, estaba enfadada consigo misma por su debilidad. Colin le había dicho con claridad que besarla había sido un error, que no volvería a suceder. Entonces, ¿por qué no podía olvidarlo?

Quizá sería mejor marcharse, pensó, tratando de convencerse. Tal vez, con algo de distancia, ambos podrían seguir adelante con lo que debían hacer.

Tess dio vueltas en la profunda cama de plumas durante lo que pareció una eternidad. Por mucho que lo deseara, el sueño la eludía. Finalmente se rindió y se incorporó. La luna llena extendía una alfombra de luz azulada sobre el suelo de la habitación.

Se levantó y siguió aquel resplandor hasta la ventana. Se sentó en el alféizar y contempló el valle y las colinas lejanas, que bajo la luz lunar se veían extraños y hermosos. Mientras observaba la escena, se llevó los dedos a los labios y se preguntó dónde estaría Colin en ese momento.

Apartó esos pensamientos y dirigió la mirada al muro que rodeaba el castillo, intentando recordar cómo era el castillo de Ravenie. Recordaba vagamente a una niña pequeña que pasaba muchas noches como ésta, envuelta en una manta para protegerse del frío, contemplando el mundo desde su rincón en lo alto. Rezaba para que las batallas fueran ganadas y los guerreros regresaran por aquellas colinas del sur. A veces se quedaba dormida allí mismo, despertando sobresaltada cuando su barbilla caía sobre el pecho.

Y luego llegó aquella noche en que la violencia golpeó los muros del castillo de Ravenie. La noche en que todo cambió. El pasado de Tess, todo lo que había olvidado de su infancia, estaba ligado a ese instante. Los secretos de lo ocurrido seguían atrapados entre las piedras de aquel castillo. Y había un misterio que ella presentía que otros conocían, pero que callaban. Lo había sentido en la vacilación de Colin, lo había escuchado en el tono de Lady Fiona. Sin duda lo había percibido en el abrazo protector del laird Macpherson.

La tragedia la había obligado a olvidar muchas cosas. Pero sabía que, para poder sanar y avanzar, tenía que regresar. Debía volver al lugar que una vez llamó hogar. Verlo con los ojos de la mujer en la que se había convertido. No tenía más remedio que enfrentarse a la pesadilla que la había perseguido por tanto tiempo.

Y necesitaba hacerlo antes de ver a su madre.

Fuera lo que fuera lo que quedara de Ravenie, Tess sabía que el secreto de su vida dormía enterrado allí.

"Pero llegaste aquí ayer."

Tess miraba el agua cristalina que corría bajo los arcos del puente de piedra. El pequeño y ordenado poblado en la ribera del Spey bullía de actividad. Tres niños de aspecto saludable vadeaban la orilla helada con cañas de pescar en las manos.

"No puedo esperar, Colin. Ya lo hablé con tus padres. Todo está planeado. Lo más sensato es partir pasado mañana. Si no lo hago ahora, puede que no vuelva a tener otra oportunidad en mucho, mucho tiempo."

"Pero son al menos seis horas a caballo en cada dirección", protestó él. Al llegar al final del puente, comenzaron a subir la empinada colina que conducía al castillo. "Incluso más, si los ríos están crecidos."

"El trayecto no es difícil. Es más corto que el que tomamos para llegar hasta aquí", afirmó Tess. "Además, tu padre dijo que muchos mensajeros viajaban entre ambos castillos en un solo día. El laird incluso dispuso que un grupo de guerreros Macpherson me escoltara. No tendré problemas para llegar."

Vio la decepción en su rostro. No le había pedido que la acompañara. Después de lo ocurrido la noche anterior, no quería presionarlo para que pasara tiempo con ella ni para que se sintiera obligado. Pero ahora se preguntaba si él pensaba que ella simplemente quería alejarse.

"¿De verdad te molesta que quiera volver a ver Ravenie?"

"Es cuestión de tiempo, Tess."

"¿Lo es?"

"Sí. Acabas de llegar, y hay tantas cosas aquí que quiero mostrarte. Supongo que esperaba que pudiéramos conocernos sin la presión de las obligaciones... y..."

Ella pasó su brazo por el de él. "Sólo será por un día, Colin. Y tú mismo dijiste que necesito hacer las paces con el pasado. Al hablar con tu padre y con tu madre, aprendí mucho sobre mi familia. Cosas que nunca supe. Cosas como cuánto me amaba mi padre y cómo su servicio al rey lo mantenía lejos tanto tiempo. Lord Alec también me contó sobre el acuerdo que llevó al matrimonio entre mis padres. Y me repitió lo infelices que fueron."

Disminuyó el paso, y su voz vaciló. "He escuchado muchas cosas, pero ahora necesito ir y verlo con mis propios ojos. Tengo que hacerlo, Colin. Así como necesito ver a mi madre, también necesito enfrentar Ravenie, reconciliar los recuerdos de mi infancia y de mi padre. Necesito enfrentar las pesadillas. Recordar lo que pasó, tratar de entender por qué pasó... descubrir quién soy en realidad, y si hay un lugar al que pertenezco."

Colin se detuvo bruscamente y se volvió hacia ella. "Perteneces a...."

Las palabras quedaron atrapadas en su garganta. Bajó la cabeza, incapaz de continuar. Tess sintió cómo aquellas palabras no pronunciadas la sacudían por dentro.

Fue entonces cuando se dio cuenta.

Lo amaba.

"Nunca más tendrás que preguntarte dónde perteneces", dijo por fin, levantando la mirada. Su mano encontró la de ella, y entrelazó sus dedos con ternura.

Tess asintió, agradecida, aunque por dentro las emociones bullían. ¿Qué había estado a punto de decirle? ¿Que ella le pertenecía? No... Si de verdad lo sintiera así, no la dejaría marchar tan fácilmente. Retiró suavemente su mano.

"Necesito hacerlo, Colin. Necesito regresar y ver lo que quedó atrás. Pero también necesito saber que lo comprendes."

"Lo comprendo, Tess. Sí, lo comprendo."

LA NOCHE aún cubría el castillo y el valle del río con su oscuro manto. Excepto los trabajadores de la cocina, que se habían levantado temprano para preparar el desayuno de los guerreros que partían hacia el castillo de Ravenie, todos en la casa seguían durmiendo.

Al no verla en el Gran Comedor, Colin tomó una bandeja con comida y cruzó el patio, iluminado por antorchas, hacia los establos. Vio a los mozos ensillando los caballos y llevándolos al corral.

Las sombras eran profundas, pero la distinguió fácilmente paseándose ante la puerta del establo, con su capa de cuero y la silueta de una ninfa nocturna decidida a robarle el corazón.

Tess, absorta en sus pensamientos, se giró sorprendida al verlo. "¿Qué haces aquí?"

"Ésa no es forma de saludar a un hombre que ha decidido acompañarte y protegerte en un viaje largo." Le tendió la bandeja, y ella no tuvo más remedio que aceptarla.

"Pero no vendrás. El laird dijo que enviaría a algunos de tu clan a escoltarme. Jamás se me ocurrió que pediría a ti."

"No lo hizo."

"Entonces, ¿por qué?"

"Soy responsable de ti. Me salvaste la vida. Te lo debo."

"Colin, no puedo permitir que ese sentido del deber te arrastre a hacer algo que no quieres", protestó. "Y si hablamos de deudas, tú fuiste quien me salvó al llevarme..."

"Tess, por favor, basta." Le tomó la barbilla, y sus ojos se encontraron con los de ella, oscuros y hermosos. "Te lo diré de esta manera: no puedo dejar que te vayas de Benmore sin mí. Quiero ir. Necesito ir."

Se miraron por un largo momento, y luego Tess simplemente asintió.

Agradeció que ella no insistiera más. ¿Cómo podía explicar algo que ni él mismo comprendía? Colin se dirigió a los establos para ver cómo avanzaban los preparativos. Había tenido una larga conversación con su padre la noche anterior sobre Ravenie y los Lindsay. Quería estar listo para lo que encontraran allí. Quería estar listo para la reacción del clan Lindsay ante el regreso de Tess.

Lord Alec le había dicho que el castillo jamás fue restaurado tras el incendio. Evelyn, alegando que no había pruebas definitivas de que Tess estuviera muerta, había dejado un administrador a cargo de las tierras, recaudando las rentas en nombre de su hija. Que él supiera, no hubo protestas por parte del clan, ni apelaciones al rey. Desde la distancia, parecía que el corazón del pueblo había muerto con su líder.

"Nosotros *nunca* llegaremos si seguimos a tu ritmo esta mañana."

Colin se giró hacia la sombra de su hermano que se acercaba desde la casa. "¿Cómo que nosotros?"

"Quiero decir 'nosotros' como en 'yo también voy a caballo'." James se desperezó y soltó un gran bostezo. "He estado por allá unas cuantas veces últimamente y conozco el camino. Hay una buena taberna justo al sur, camino a Inverness, con las mozas más lindas de este lado de..."

"Iremos directo al castillo de Ravenie y volveremos."

"Sí, ya lo sé, cabeza dura." James sonrió y le dio una palmada en el hombro. "Nuestros padres decidieron anoche que sería mejor que Tess llegara acompañada por varios de los Macpherson. También querían que fuera Alexander, pero ya sabes cuánto cuida su preciado sueño. Yo, por mi parte, no estaba dispuesto a ser degollado por despertarlo a estas horas."

Tenía sentido. Nadie sabía qué encontrarían en Ravenie, y no estaba de más que Tess llegara con el respaldo visible de uno de los clanes más poderosos de las Highlands.

"Y no te preocupes. No necesitas sermonearme ni amenazarme para que mantenga la distancia con Tess." James sacó su caballo del establo.

"¿De veras?"

James sonrió. "En realidad, me ha agradado tener a Tess cerca. Anoche le decía a Alexander que, desde su llegada, has cambiado un poco. Ya no eres tan insufrible."

"¿Quieres decir que no me he dedicado a perseguir faldas desde Elgin hasta Edimburgo desde que llegué?"

"Exacto. Y eso ya es una mejora considerable." James le señaló el pecho con el dedo. "Sigue así, muchacho, y quizás te dejemos vivir."

Capítulo Doce

El sol estaba casi en lo alto. Cabalgando codo a codo al frente del grupo de guerreros, cruzaron una cresta cubierta de verde y comenzaron a descender hacia el valle que, según le habían dicho a Tess, marcaba el inicio de las tierras de los Lindsay. La ansiedad se le asentó en el estómago como una piedra. Miró a Colin, que montaba con soltura a su lado. Irradiaba confianza. Giró sobre su montura y vio a James conversando animadamente con uno de los guerreros Macpherson de mayor edad, a mitad de la fila. Todos parecían tan seguros de sí mismos. Todos, menos ella.

Se volvió hacia Colin.

"¿Crees que los Lindsay ya saben que estoy viva?"

"Por lo que tengo entendido, nunca perdieron la esperanza."

Cuanto más se acercaban a Ravenie, más nerviosa se ponía.

"¿Pero crees que ya se enteraron de que estoy en las Highlands?"

"A pesar del terreno escarpado, las noticias vuelan por aquí. Supongo que en cuanto echamos ancla y tocamos tierra, alguien partió hacia estas tierras con toda la información que pudo reunir sobre ti."

Cabalgaron en silencio unos minutos.

"No conozco a nadie", susurró, preocupada. "No recuerdo ningún nombre, ningún rostro."

"¿Eso te inquieta?", preguntó él.

"Mucho."

Colin acercó su caballo al de ella. Su bota rozó su pierna, y su cálida mano tomó la de Tess, helada.

"Vuelves a ellos, Tess. Es más de lo que cualquiera ha hecho por este pueblo en once años."

Quiso encontrar consuelo en sus palabras, pero no pudo. Por breve que hubiese sido su estadía en Benmore, había visto en Lord Alec y Lady Fiona lo que significa ser un verdadero líder. No recordaba a su padre lo suficiente para saber qué clase de laird había sido, ni cuán profundamente lo respetaban. Pero su madre sí lo había dejado todo atrás. Nunca había regresado. ¿Cómo puede alguien cuidar de su gente desde lejos durante tanto tiempo?

Más adelante, la senda que seguían se cruzó con otro camino, y ambos detuvieron sus caballos. Colin le soltó la mano y se volvió hacia James, que se aproximaba.

"Si giramos a la derecha, llegamos directamente al castillo de Ravenie", dijo James a Tess. "El sendero bordea ese bosquecillo y sube por un terreno más alto. En cambio, si seguimos recto, pasaremos sobre la meseta, cruzamos por las granjas y alcanzamos el poblado viejo y la torre original donde vivían los lairds antes de que el rey autorizara la construcción del castillo. Así que, si quieres ir al castillo..."

"Quiero seguir recto."

"Iremos donde desees", dijo Colin, inclinando la cabeza e indicando al grupo la dirección a tomar.

Había llevado una vida casi solitaria en la Isla de May. Ahora entendía que el lugar en sí importaba poco. Lo importante eran las personas.

El camino ascendía por una meseta rocosa hacia un cielo despejado. Con cada paso del caballo, la expectación crecía en el pecho de Tess. Al llegar a la cima de la colina, detuvo a su yegua de golpe, y contempló con tristeza el paisaje que se desplegaba ante sus ojos.

Frente a ella, el valle albergaba antiguas cabañas de piedra, madera y tepes, en distintos grados de deterioro, junto a un bosquecillo de árboles altos. Incluso desde allí, podía distinguir los techos de paja derrumbados, clara señal de abandono. Aunque algunos campos habían sido cultivados, la mayoría yacía en barbecho. Espoleó su montura colina abajo, siguiendo al caballo de Colin. La tierra parecía buena para el pastoreo, aunque apenas se veían ovejas, y mucho menos del ganado rojizo y peludo que abundaba en los alrededores del castillo de Benmore. Un arroyo ancho cruzaba el valle, serpenteando entre los campos.

Poco después, llegaron a la primera cabaña enclavada en la ladera.

"¿Dónde crees que se fue esta gente?", preguntó Tess, contemplando una estructura quemada. Una solapa de cuero ennegrecido colgaba de la puerta, apenas sostenida por un hilo.

"Los campesinos no se quedan donde no hay protección." Colin esperó mientras ella se acercaba a las construcciones. "Quizá se trasladaron al pueblo."

¿Protección? Aquella gente no tenía quién los protegiera. Tess sintió que el estómago se le anudaba. Siguió a Colin mientras este continuaba adelante, y James se unió a ellos.

"Más allá de esa cañada está la aldea", indicó James. "¿Quieres que envíe a un par de hombres por delante?", preguntó a Tess. "O puedo ir yo mismo a avisar a la gente de que vienes."

Ella negó con firmeza.

"No quiero una bienvenida preparada."

"No deberías preocuparte demasiado", dijo Colin. "Pero sin aviso alguno, uno nunca sabe cómo..."

"Por favor, no", lo interrumpió con suavidad. "Agradezco la intención, pero no puedo pedir su aceptación. Tengo que ganármela."

Pasó delante de los dos hermanos y continuó lentamente hacia la aldea. Había pensado que enfrentarse a su madre sería su prueba más difícil. Pero esto era mucho más duro.

Echó un último vistazo a la granja abandonada. De pronto, lo que estaba en juego parecía mucho mayor.

Poco después, oyó los cascos de los Macpherson tras ella. Se volvió y vio a Colin y James cabalgando justo detrás. Se sintió reconfortada por la serena inclinación de cabeza de Colin.

Desde una colina tras la cañada, volvió a detener a su yegua. A los pies de una suave pendiente, junto a un arroyo ancho, se levantaba una torre parcialmente en ruinas. Desde lo que antaño fue un muro de piedra, una cincuentena de cabañas se desplegaba a ambos lados del agua, conformando un pequeño pueblo. A este lado del arroyo, un huerto de árboles frutales trepaba en hileras ordenadas por la ladera, y un reducido rebaño de ganado rojizo pastaba tranquilamente. Al otro lado del valle, vio también rebaños de ovejas y corderos recién nacidos.

"Ése es Ravenie, a tu derecha."

Ante el anuncio de James, Tess dirigió la vista más allá del poblado. Sobre un terreno elevado, el castillo de Ravenie se alzaba aún orgulloso, dominando la campiña. Desde allí no se notaba rastro alguno del incendio, ningún signo visible de destrucción.

Tess miró hacia atrás, a los campos, al arroyo que corría impetuoso, y luego de nuevo al pueblo.

"¿Dices que el jefe de los Lindsay vivió una vez en esa torre?"

"Sí. Le dicen simplemente la Torre. El castillo no es tan antiguo. Creo que fue construido por tu abuelo."

Unas risas infantiles desviaron su atención. Vio a una docena de niños descalzos corriendo tras un perro, y la comisura de sus labios se curvó en una sonrisa. ¿Le habrían dejado jugar con los niños del pueblo cuando era niña?

La sonrisa se desvaneció al ver que hombres y mujeres habían dejado de trabajar la tierra y la observaban desde la colina.

"No tendrán miedo de los Macpherson, ¿verdad?", preguntó a James, de pronto inquieta.

"Los Macpherson nunca atacaron estas tierras. Y en tiempos difíciles, muchos de los tuyos han buscado refugio entre los nuestros. No hay razón para que teman ahora."

Pero algunos de los Lindsay se veían visiblemente alterados. Tess observó cómo varios descendían con prisa hacia el pueblo.

Avanzó con su caballo por el huerto que bordeaba la ladera. El resto del grupo la siguió. Al salir de los árboles y entrar en un prado más alto, Tess detuvo su montura y saludó a una media docena de trabajadores que observaban el avance del grupo.

Ninguno levantó la mano. Ninguno respondió. Y no era a los Macpherson a quienes lanzaban sus miradas más duras.

Era a ella.

Se tragó el doloroso nudo de decepción que amenazaba con ahogarla y avanzó a paso lento junto a la silenciosa multitud.

"Quizá deberíamos ir primero al castillo", sugirió James.

"Tendrá que afrontarlo. Es mejor que lo haga ahora", respondió Colin a su hermano. Pero Tess también podría haberlo dicho. Se alegró de que él lo comprendiera.

A medida que se acercaban a la aldea, más personas descendían de los campos hacia el borde del camino. Hombres, mujeres, niños... sus expresiones eran todas iguales, y distaban mucho de ser amigables. Cerca del arroyo, bajo la mirada de decenas de curiosos, Tess desmontó.

Colin y James giraron sus corceles para situarse junto a ella. Tess le entregó las riendas a James. El resto de los Macpherson formó una fila detrás de sus líderes.

"Me gustaría caminar sola desde aquí."

Colin abrió la boca para protestar, pero luego la cerró sin decir palabra.

"Sólo te pido un poco de tiempo", dijo ella suavemente, acercándose y tomando su mano. "Todo esto forma parte de lo que tengo que enfrentar... sola."

Él asintió, aunque sus dedos se aferraron a los de ella durante un largo instante antes de soltarlos al fin.

Tess se volvió hacia su destino.

Más adelante, el estrecho sendero que conducía a la casa torre en ruinas estaba repleto de gente. Tess respiró hondo y avanzó hacia la asamblea, inquietantemente silenciosa.

Los mismos niños que antes corrían riendo, ahora se alineaban junto a sus mayores. Tess observó sus pies descalzos, sus caritas sucias, los harapos que llevaban por ropa. Y, ya cerca, vio aún más. Hambre marcada en algunos rostros, enfermedad en otros. Curiosidad, cautela, incluso desesperanza.

Miró con detenimiento el estado de las cabañas... y comprendió. Aquello no se parecía en nada a lo que había visto en Benmore. Esta gente había sido claramente ignorada, descuidada por quienes juraron protegerla. Durante demasiado tiempo, habían estado abandonados.

Cuando Tess se aproximó a la primera hilera de casas, un perro flaco y nervioso, negro con fuego, se le acercó gruñendo. Sin retroceder, Tess extendió la mano, con la palma hacia abajo, ofreciéndole un gesto de bienvenida. El perro olfateó unos segundos, luego movió la cola y se retiró junto a su dueña, con aire de guerrero satisfecho.

Con la cabeza erguida y la espalda recta, Tess avanzó por el camino. A cada paso, los rostros se volvían hacia ella y, poco a poco, le abrían paso. Cerca ya de la torre, se detuvo frente al cruce del mercado. Dio media vuelta. La multitud se cerró tras ella. Tess giró por completo y los enfrentó.

"Soy Tess", dijo con suavidad, aunque con voz firme para que todos la oyeran. "La mayoría de ustedes no me conoce. O, si me recuerdan, será apenas como una niña." Respiró hondo, apartando las dudas que le helaban el pecho.

"Me fui de aquí..." Negó con la cabeza. "Me fui de allí." Señaló el castillo sobre la cresta. "Me fui hace once años... la misma noche en que asesinaron a mi padre."

Se aclaró la garganta, intentando ordenar sus pensamientos, pero todo en su interior era un remolino de emociones.

"No sé si fue por la tragedia que presencié aquí o por lo que ocurrió después, durante una tormenta en el mar... pero cuando llegué a la Isla de May, no recordaba quién era ni de dónde venía." Escudriñó los rostros sombríos. "Una pareja de ancianos, guardianes del santuario de San Adrián, me encontró. Con ellos viví todos estos años."

Un anciano apoyado en una muleta asintió en reconocimiento al oír el nombre del santuario.

"Pensé que ése era mi destino: cuidar ovejas y atender a uno o dos peregrinos cansados cada verano. Y lo habría hecho, de no ser porque el hijo menor del Laird Macpherson llegó un día a la orilla." Tess miró hacia Colin. Él la observaba desde su montura, tenso, con James y los demás guerreros a su espalda.

"Fue él quien reconoció el broche Lindsay que llevaba. Fue él quien me hizo entender que mis pesadillas de fuego y terror eran parte de mi historia." Volvió a mirarlo. Su voz se suavizó. "Y fue él quien me dijo que ustedes... todavía estaban aquí."

Miró a la gente frente a ella, uno por uno, buscando en sus rostros una respuesta. "Me di cuenta de que no estaba sola como pensaba. Que quizá, si encontraba a los del clan Lindsay, si podía explicarles que yo también había sido desplazada, olvidada durante once años... entonces tal vez me aceptarían de regreso. Quizá me permitirían, al fin, conocer a mi propia gente."

El silencio descendió como un manto pesado. Tess logró contener las lágrimas, aunque la desesperación le retorcía el alma. Nadie habló.

Entonces, se oyó un movimiento a su izquierda. Un anciano se abrió paso entre la multitud.

"Me llamo Robbie. Era el cocinero del castillo cuando tú eras una pequeñita. Te recuerdo bien, siempre aferrada a las faldas de tu niñera, Elsie, siguiéndola a todas partes." Se apoyaba pesadamente en un bastón.

El recuerdo era difuso, pero le pareció real. "Recuerdo que me caí en un cubo de agua y avena y casi apagué el fuego de la cocina."

"No te caíste, niña. Saltaste."

Una carcajada vibró entre la gente.

"Siempre estabas metida en líos", dijo una mujer de mediana edad desde el otro lado. "Yo era una de las domésticas que venía del pueblo cada día. Recuerdo el día en que intentaste bajar por el muro del castillo desde tu ventana. Te quedaste atrapada a medio camino y no querías ni subir ni bajar... ¡y tampoco pedías ayuda!"

Tess, que jamás había temido escalar los riscos del May, entendió al fin de dónde venía esa valentía. "Ojalá pudiera recordar tu nombre."

"Lil." La mujer sonrió con dulzura. "Fui a buscar a uno de los muchachos. Era Rory. Entre los dos te ayudamos a bajar."

"Fui yo a quien trajo." El xxxx a su lado habló. "Estabas preocupada por unos pajarillos que anidaban en tu alfeizar, niña. ¿Lo recuerdas?"

Tess dio un paso hacia ellos. Miró con atención el rostro del hombre. Algo chispeó en su memoria. "Caballos. Te veo entre caballos."

"Sí, ama. Yo te enseñé a montar."

Otra voz surgió desde la multitud. Luego otra. Tess empezó a oír nombres, a recordar voces, a reconocer rostros. Algo cálido la envolvió. La frialdad que antes la había recibido se disipaba como la neblina al sol.

Sintió un tironcito en la falda. Bajó la mirada y vio una niña sucia que la observaba con ojos enormes. Tess abrió la mano, y la niña la tomó, acurrucándose contra sus piernas.

Una lágrima rodó por su mejilla. Luego otra.

Ya no era una forastera. Ya no enfrentaba a una multitud. Ahora era parte de ellos.

Una anciana se le acercó cojeando. Tomó su mano y la llevó a los labios.

"Soy Bella. Madre de Elsie. Tu niñera fue una de las que te sacó del castillo aquella noche. Ahora sé que se perdió en el mar con los demás."

Entonces, Tess rompió a llorar, y Bella la envolvió en un tierno abrazo.

En algún momento, Tess buscó entre la multitud. Ya no veía a Colin. Alarmada, escudriñó con la mirada... hasta que lo encontró. Estaba conversando con algunos Lindsay. James también estaba a su lado, junto con otros Macpherson. Todos habían desmontado. Se habían mezclado con la gente del pueblo.

Era como una feliz reunión de clanes.

Y a Tess, esa idea le pareció maravillosa.

Tess sintió el tirón de la niña que seguía junto a ella. La pequeña señaló hacia el castillo.

De inmediato, se produjo un cambio en el comportamiento de los aldeanos. Algunos se dispersaron con rapidez, volviendo a toda prisa a sus chozas. Otros se apartaron silenciosamente hasta que Tess divisó a un jinete acompañado de media docena de hombres armados que descendían por el camino desde el castillo. Ninguno vestía la falda escocesa de los Highlanders; llevaban calzones de las Lowlands y camisas reforzadas con cadenas. Incluso a esa distancia, era evidente que todos iban fuertemente armados.

"Es Flannan", murmuró la niña, medio escondida tras la falda de Tess.

Tess se volvió hacia Bella, que aún se encontraba cerca de ella. "¿Me conoce?"

La anciana negó con la cabeza. "Es el mayordomo de Ravenie. Tu madre lo envió desde las Lowlands, niña. Dirige el castillo, administra las tierras y cobra las rentas de los campesinos en tu nombre. Lleva aquí cerca de diez años... quizá más."

Las miradas severas que había recibido a su llegada eran nada comparadas con la tensión que ahora se palpaba en el aire.

"¿Es un administrador justo?"

La espalda de Bella estaba encorvada por los años, pero aún alzó sus ojos grises hacia los de Tess. "Tal vez lo sea a ojos de quienes reciben el dinero allá en el sur. Pero no le importa la gente de aquí. Cobra lo que dice que debemos y echa a quien no puede pagar. Nos recuerda a menudo que estamos aquí para servirle a él y a su señora, que debemos trabajar y no quejarnos. Así es el mundo, dice. Así han sido las cosas desde la muerte del laird."

"¿Y no podían hacer nada?"

"Hemos elegido líderes con el tiempo, hombres que hablaran por el clan... pero no sirvió de nada."

Una ira nueva y abrasadora brotó en Tess, una furia que jamás había sentido. Durante diez años, en su nombre y en el de su madre, estas personas habían sido sometidas y maltratadas. Entregó la niña a Bella y avanzó hacia los recién llegados.

La multitud se fue apartando poco a poco, formando un amplio círculo cuando Flannan y sus hombres llegaron a la plaza. Tess no necesitaba girarse para saber que Colin había avanzado hasta situarse detrás de ella. A ambos lados, los hombres de Macpherson observaban con atención.

Flannan, un hombre que rondaba la mediana edad, iba calvo y con una barriga prominente que sobresalía por encima del grueso cinturón que sujetaba su jubón sucio y los calzones manchados. Tess notó la actitud altanera de los hombres que lo acompañaban. Todos, sin excepción, parecían matones. Habían desenvainado sus espadas y apoyaban las manos sobre los pomos, las puntas hundidas en la tierra.

Pero Tess no retrocedió. Siguió avanzando. Los ojos pequeños del mayordomo se posaron un instante sobre ella, sin mostrar el menor indicio de reconocimiento. No desmontó ni la saludó.

"¿Eres Flannan, el mayordomo?" se detuvo a unos pasos de distancia.

Él miró por encima de su cabeza, probablemente hacia Colin. "Mis hombres me informaron de unos visitantes que habían llegado al pueblo.

Dijeron que eran Macpherson." Luego señaló a sus acompañantes. "Estamos mejor preparados para recibir compañía en el castillo. Estos bastardos haraganes deberían estar sembrando los campos."

"No has respondido a mi pregunta", insistió Tess, dando otro paso hacia él. Si había oído hablar de los Macpherson, seguramente también sabía de su presencia. Tal vez no. Decidió concederle el beneficio de la duda y se presentó: "Soy Theresa Catherine Lindsay. Creo que esta mayordomía se administra en mi nombre..."

"¿Qué están mirando, haraganes inmundos?", gritó el mayordomo a la multitud. "¡Regresen a los campos!"

Un par de campesinos se removieron con nerviosismo, pero nadie se movió realmente.

"¿Vas a ignorarme sin más?" espetó ella, con la rabia creciendo dentro de su pecho.

Flannan giró la cabeza hacia uno de sus hombres y murmuró unas órdenes. Tess dio un paso al frente, decidida a enfrentarlo, pero antes de que pudiera moverse más, todo estalló a su alrededor.

Colin se lanzó hacia él. Con un rápido movimiento, lo sujetó por la parte trasera del cinturón y lo hizo caer de su caballo. Flannan terminó de rodillas, aturdido.

Una escaramuza breve estalló entre los Macpherson y los hombres de Flannan. Pero los forasteros no eran rival para Colin, James y los suyos... ni para los Lindsay que ahora se habían unido a la pelea. En pocos instantes, los hombres de las Lowlands fueron dominados.

Tess sabía que no era el final. Flannan debía tener más hombres dentro del castillo.

"¿Te importaría responder ahora a las preguntas de tu señora?" Colin permanecía firme tras el mayordomo. Aunque se había librado de las manos que lo sujetaban, seguía arrodillado. Miró con rapidez a sus derrotados compañeros y luego frunció el ceño hacia Tess.

"Para empezar, le habría contestado si creyera que la muchacha dice la verdad. No es hija de lady Evelyn." Se incorporó y se volvió hacia los Lindsay, que habían vuelto a acercarse. "¡Esta criatura no es más que una impostora, traída por los Macpherson! ¡Comprobadlo vosotros mismos! Han venido a engañaros, necios." Se volvió de nuevo, señalando a Colin con un dedo tembloroso. "¡Dejad que estos piratas piensen en cómo robaros lo que es vuestro!"

Capítulo Trece

"Me odiará. Pensará que soy la más horrible de las madres." Lady Evelyn caminaba de un lado al otro de su alcoba, visiblemente alterada. "¿Y qué pasará si decide que no desea verme? ¿Qué debo hacer si se queda en las Highlands con los Macpherson y el resto de esos salvajes?"

"Si es realmente quien dice ser, lo entenderá." David Burnett le tomó la mano y la obligó a detenerse. "Si esta joven es *de verdad* Theresa Catherine, vendrá a ti."

"Es ella. Sé que es Tess. Hace tiempo que lo sé. Todo encaja: el lugar donde fue hallada, la edad que afirma tener... Llevo años esperando este momento." Su hermoso rostro se sonrojó, y soltando la mano de Burnett, se acercó a la angosta ventana que daba al patio. "Sabía que esto ocurriría."

El brazo fuerte de Burnett rodeó su cintura, atrayéndola suavemente contra su pecho. Su voz, baja y segura, le susurró al oído: "Ya hemos hecho todo lo que podíamos por ahora. Has respondido a su carta. He enviado a algunos de mis hombres más leales a Benmore para escoltarla. No hay razón para preocuparse hasta que llegue."

Evelyn se volvió en sus brazos, con los ojos color avellana brillando por las lágrimas. "¿Estás seguro de esto? ¿De todo lo que estamos haciendo?"

"Sí, paloma mía," la tranquilizó David. "Déjalo en mis manos y todo saldrá bien."

NADA DE LO que dijo Flannan afectó a Tess... salvo para avivar aún más su determinación de reparar lo que había ocurrido en aquel lugar. Se volvió hacia su clan.

"Me parece que este hombre carece del espíritu y la buena voluntad que mi padre tuvo con su pueblo. Considero que este administrador ha cometido una grave falta por el trato que os ha dado durante todos estos años. Ahora... ¿quién nos ayudará a detenerlo a él y a sus hombres? ¿Quién nos ayudará a recuperar el castillo de Ravenie?"

Una ovación atronadora sacudió la plaza del mercado cuando todo el pueblo dio un paso al frente. El mayordomo, dándose cuenta por fin de su error, corrió a refugiarse detrás de los Macpherson, los mismos a quienes había acusado momentos antes.

En un abrir y cerrar de ojos, Colin organizó a los aldeanos en grupos. Algunos fueron con James y varios guerreros Macpherson al castillo. Otros se encargaron de custodiar a Flannan y sus esbirros en la aldea. Pero muchos se acercaron directamente a Tess. Jóvenes y ancianos, hombres y mujeres, el nudo que los ataba se había roto, todos querían hablar con ella, ofrecer ideas, saber si pensaba quedarse.

Tess lo deseaba, pero sabía que aún tenía asuntos urgentes que atender antes de poder tomar esa decisión.

Los pocos que permanecían en el castillo de Ravenie y eran leales al mayordomo no ofrecieron resistencia ante la fuerza unida de los Lindsay y los Macpherson. De hecho, la mayoría de los que James y los suyos encontraron allí eran habitantes del pueblo. A esas alturas, todos los Lindsay estaban hartos del abuso que Flannan había impuesto sobre ellos.

Los hombres de Flannan no pidieron otra cosa que poder marcharse.

"Creo que deberíamos dejarlos ir a todos," dijo Tess a Colin con firmeza. "Incluido Flannan. Mi familia carga con la mayor parte de la culpa por las penurias y el abandono de este lugar. Aunque mi madre estuvo ausente, debió haber puesto a alguien a vigilar a ese hombre. Pero no lo hizo."

Sacudió la cabeza mientras observaba la celebración que se había extendido desde el mediodía.

"No te atormentes por el pasado," dijo Colin con suavidad, aunque con firmeza. "Nada de eso fue culpa tuya. Esta gente olvidará sus penas gracias a ti. Cualquiera puede ver que tu regreso ya les ha devuelto la esperanza."

Tess lo miró, y sus ojos se encontraron. "Tú haces que crea en mí."

"Como debe ser." Le sonrió, y el calor de esa sonrisa le recorrió el cuerpo como un soplo de vida. "Aquí todos ven lo especial que eres. Ya es hora de que tú también lo veas."

Tess le devolvió la sonrisa. "Eres... eres un verdadero amigo."

Unos días atrás, Colin habría sentido satisfacción al oír eso. Se habría dado por contento con ser considerado su amigo. Pero ahora, después de lo vivido, sabía que no bastaba.

Había visto su valor. Mientras él luchaba contra sus propios temores por su seguridad, ella se adentró en una multitud que bien podía haberse vuelto contra ella. No lo sabía, pero su mano no soltó la empuñadura de la espada hasta que vio la primera señal de aceptación entre los Lindsay.

"Creo que he encontrado mi hogar," dijo Tess. "Ya no tengo dudas. Este es mi lugar."

Colin asintió, esforzándose por ocultar lo que sentía. Señaló hacia el lugar donde aún retenían a Flannan y sus hombres. "Me aseguraré de que una escolta de Lindsay y Macpherson los lleve hasta los Borders del sur. No creo que vuelvas a saber de ellos."

Miró a su alrededor. "Después de haber visto cómo vive tu gente, sé que hay mucho por hacer aquí."

"Sí," dijo Colin, siguiendo la dirección de su mirada. "Pero es una buena tierra. Y James me dijo que sólo una parte del castillo fue consumida por el fuego. El resto está firme y se puede habitar. Deberías dar un paseo y verlo por ti misma."

Tess miró al pueblo, pensativa. "Me pregunto cómo sería vivir aquí. Tal vez se pueda dar algún uso a esa vieja torre."

"Nada es imposible. Quizá con buenos albañiles y..."

"¿Te quedarías aquí conmigo? ¿Me ayudarías a empezar de nuevo?"

Colin se detuvo en seco y la miró. El rostro de Tess se había teñido de rubor. Sus ojos oscuros brillaban como espejos profundos en los que él podía ver su propio reflejo.

Por primera vez en su vida, comprendió que ningún otro plan, ningún sueño, ninguna aventura tenía valor si no era junto a ella. Pero al mismo tiempo, las dudas lo asaltaron: él era el tercer hijo de un laird, y ella, la única heredera del castillo de Ravenie.

"Tess, hay muchas cosas que... que..."

"Quiero decir... temporalmente," se apresuró a decir ella, retirando la mano con vergüenza. El rubor en su rostro se intensificó, y bajó la mirada justo cuando las primeras lágrimas se deslizaban por sus mejillas. "Nunca quise interferir en tus planes. Sólo pensé que... si te sobraban unos días, tal vez... tal vez quisieras venir conmigo y... ayudarme a empezar."

"Espera, Tess." Le tomó el brazo antes de que se alejara. "Hay tantas cosas que tú y yo debemos..."

Por desgracia, James eligió justo ese momento para acercarse.

"La tarde avanza, ustedes dos. Si queremos volver a Benmore esta noche..."

Se detuvo, notando de inmediato que había interrumpido algo.

"¿Interrumpo algo?"

"Sí, lo haces."

"No, no lo haces."

Colin y Tess hablaron al mismo tiempo. James los miró, divertido, con una ceja alzada.

Tess negó con la cabeza hacia Colin y luego se volvió hacia James. "Me gustaría quedarme... pero también sé que mi madre espera verme en Benmore. Si por casualidad viajara hasta las Highlands, dudo que viniera a Ravenie. Y, sin embargo, me inquieta irme. Creo que nos necesitan aquí."

Colin no pensaba dejarla allí sola. "Ahora que los Lindsay han formado un consejo de clan, pueden mantener el orden en tu ausencia. Además, podemos dejar a algunos de nuestros hombres para que los apoyen hasta que regreses."

"Gracias," respondió Tess con voz queda. "Creo que deberíamos pasar la noche aquí. ¿Hay algún inconveniente?"

"No, Tess," respondió James. "Ninguno."

Con mirada alerta, escaneó la aldea. Asintió con aire pensativo y se dirigió hacia un grupo cercano, donde se encontraba Bella. Tess no dudó en seguirlo hacia la anciana.

Colin se dio cuenta de que, absorto en ella, ni siquiera había notado que James le había estado hablando.

Su hermano mayor le clavó un dedo en las costillas. "¿Por qué no lo admites de una vez?"

"¿Admitir qué?"

"Que estás enamorado de ella."

Colin no encontró razón para negarlo.

James soltó un silbido bajo. "Vamos, hermano. Ya que estamos, admite también que quieres pasar el resto de tu vida con ella. Matrimonio, hijos, un felices para siempre. Sabes que no hay ninguna regla que diga que el hijo menor no pueda casarse primero."

Colin se volvió con brusquedad y se alejó. James lo siguió, sin perderle el paso.

"Nunca pensé que llegaría el día, pero estás completamente perdido... y no lo niegues. Probablemente ya estabas hundido en el momento en que te sacó del mar."

Por alguna razón, las palabras de James no llevaban el tono burlón que Colin habría esperado.

"Entonces, ¿por qué seguir atormentándote a ti mismo y a ella? Es evidente que ella te quiere... tal vez incluso te corresponda, por lo que he podido ver."

"Todo este maldito asunto es demasiado complicado", gruñó Colin, con más dureza de la que deseaba.

La gran mano de James le cayó sobre el hombro. Sus ojos grises estaban serios cuando Colin lo miró.

"No querrás pasarte el resto de tu vida lamentando este momento." James bajó la voz. "No olvides de dónde viene ella. Lowlands y Highlands. Un matrimonio pactado. Dos personas infelices y distantes unidas por conveniencia. No es que sea un experto en amores, pero te aseguro que en ese acuerdo no había ni una gota de romanticismo. Y te diré algo más..."

Colin lo miró, frunciendo el ceño, esperando.

"Cuando su madre vuelva a tenerla bajo su ala, ni tú ni ella decidirán su futuro. Eso es seguro."

A Colin le cayó como una piedra al estómago. La sola idea de perderla le revolvía el alma.

"Si no tienes tiempo para resolver esta 'tontería', como tú la llamas, piensa en lo que le espera a ella. Hermano, no hablo por hablar. Si de verdad la quieres en tu vida, no pierdas un solo instante más."

Mientras los Lindsay celebraban su liberación, Tess no dejaba de pensar en lo que le había dicho a Colin. Le había rogado que se quedara con ella. Mortificada, se aseguró de no volver a estar a solas con él durante el resto del día. Más tarde, aceptó encantada la invitación de Bella para pasar la noche en su casa.

A la mañana siguiente, las emociones seguían a flor de piel mientras se preparaban para dejar la aldea. Media docena de hombres Macpherson permanecerían allí. Pero para Tess era evidente que los aldeanos ya caminaban con otra dignidad. Sin el látigo invisible del mayordomo sobre sus espaldas, se movían con libertad.

Había prometido regresar después de encontrarse con su madre.

Estaba decidida a cumplirlo. Y se sintió aliviada al ver que su gente también lo creía.

"Sé que no quieres hacerlo", dijo Colin, acercando su caballo al suyo mientras todos montaban. "Pero al menos deberías considerar cabalgar hasta allá y echar un vistazo al castillo de Ravenie antes de irnos."

Esa mañana Colin tenía una seriedad serena. Tess envidiaba su aparente control, deseando tener el mismo dominio sobre sus propias emociones.

"Y no te lo sugiero para convencerte de vivir allí arriba en lugar de aquí abajo", añadió, bajando la voz para que sólo ella lo oyera. "El incendio de ese castillo, el asesinato de tu padre... todo eso es parte de tu pasado. Tendrás que tomar decisiones cuando regreses. Creo que te será más fácil si enfrentas lo que aún te duele."

Su primer impulso fue negarse. Pero el sentido común prevaleció. Sentía una necesidad creciente de saber qué había pasado aquella noche. El incendio. El ataque. Todo.

Tess suspiró, rindiéndose. "¿Quieres venir conmigo?"

La mirada tierna con que Colin asintió, y el leve apretón de su mano, no hicieron más que confundirla aún más. Lo amaba tanto que le dolía estar cerca de él, sabiendo que su despedida era inminente. Todo en su actitud la desconcertaba. Un momento era distante y frío, y al siguiente, cálido y protector.

"¿Podemos ver el castillo y luego volver para tomar el camino que atraviesa la aldea?", preguntó finalmente. "Cuando me vaya de aquí, quiero que la última imagen que me lleve sean estas personas. Este lugar al que deseo volver. No el sitio que me ha perseguido en pesadillas por tantos años."

Colin asintió con la cabeza. Que el demonio se lo llevara si no se ganaba un premio por su paciencia. Pero si no hablaba pronto con ella, si no le decía todo lo que llevaba dentro, iba a estallar. Por Dios, se había quedado mudo como un tonto cuando ella le pidió que se quedara. Y luego, cuando por fin se recuperó, Tess lo evitó el resto del día. Y la noche fue un infierno. Dio vueltas en la cama hasta casi el amanecer.

Miró al grupo de hombres reunidos detrás de él. No, ahora tampoco era el momento. Maldición. Sacudió la cabeza para apartar los pensamientos sombríos y concentrarse en la jornada por delante. Tal vez, después de ver el castillo, tendrían por fin su oportunidad.

Pidió a James que mantuviera a los hombres en la aldea, y luego él y Tess emprendieron juntos el camino hacia el castillo.

El castillo de Ravenie se alzaba sobre una saliente rocosa, rodeado por un foso seco que abrazaba sus gruesos muros. Para alcanzar el puente que conducía al arco de entrada, subieron por un sendero largo y serpenteante.

"Me temo que parte de la historia de este lugar nunca se sabrá con certeza", dijo ella en voz baja, mientras contemplaban las colinas salvajes que lo rodeaban.

"Hablas del ataque. De la noche en que asesinaron a tu padre."

Ella asintió. "Le pregunté a Bella. Nadie sabe realmente qué ocurrió. Los Lindsay no tenían enemigos entre los clanes vecinos. Por lo que cuenta el pueblo, Sir Stephen era querido y respetado en todas las Highlands. Y lo más extraño: el ataque se limitó al castillo. La aldea no fue tocada. Nadie supo nada hasta que vieron las llamas alzarse hacia el cielo."

"Uno pensaría que un castillo estaría mejor protegido. Anoche subí a inspeccionar." Colin señaló con la cabeza hacia el portón. "Hay una zanja que cruzar, una puerta de roble con anillos, un rastrillo... y guardianes. ¿Cómo pudo entrar un grupo sin ser visto?"

"No solo entraron. Llegaron hasta los aposentos del laird. Le apuñalaron por la espalda." Tess se estremeció. "Eso me dice que lo esperaban. Tal vez incluso ya estaban dentro cuando él llegó."

"Yo también he estado haciéndome preguntas", dijo Colin. "En medio de todo ese caos, el fuego, los gritos, hubo muy poca lucha. No fue un asedio, no se llevaron nada. Todo lo que se recuerda es haber visto a media docena de hombres con indumentaria Highland huir en la noche."

"Sí. Ropa de Highlanders." Tess repitió las palabras. "Bella dijo que no pudieron acusar a ningún clan. Fue como si una banda de forajidos hubiese entrado sin razón, matado a mi padre... y luego desaparecido."

Los caballos aminoraron el paso. Tess vio el rastrillo abierto y la puerta del castillo, y su corazón empezó a latir con fuerza.

Charcos oscuros y fétidos salpicaban la zanja seca alrededor del castillo. Recordaba ese olor. Mientras se aproximaba lentamente al puente, alzó la vista hacia las dos torres de piedra que vigilaban el valle. La torre oeste estaba visiblemente chamuscada.

Allí lo habían asesinado.

Su mirada quedó fija en las piedras ennegrecidas y en las rendijas vacías por las que ahora sólo se veía cielo.

El viento soplaba del oeste y traía consigo el olor terroso de los establos y los caballos. El humo de un fuego de leña en alguna chimenea cercana llegó hasta Tess, y de pronto se encontró regresando en el tiempo.

Podía oler el humo, incluso saborearlo. Miró hacia la ventana donde antes había estado los aposentos del laird y vio las llamas brotando con furia. Gritos de auxilio. El caos la rodeaba: oscuridad, destellos de antorchas. Aterrada, quiso huir.

Su caballo resopló y arañó el suelo, devolviéndola abruptamente al presente.

"No creo que debas abandonar este lugar por completo", dijo Colin, haciendo una seña a los sirvientes que salían por una puerta que ella ahora recordaba conducía al Gran Comedor. Ella se llevó una mano a la frente y la sintió húmeda por el sudor. "Desde aquí, en lo alto de la colina, el castillo ofrece una vista despejada en todas direcciones. Lo necesitas. Por tu seguridad y por la de la gente del pueblo."

De algún modo, Tess logró devolver el saludo a quienes se les acercaron, pero no desmontó. Les dijo que debían partir hacia Benmore y que no entrarían a la torre. Cuando los trabajadores se alejaron, sentía que el corazón aún le latía con fuerza.

Se volvió hacia Colin.

"¿Tengo que hacer algo en este castillo si sólo servirá para vigilar?"

"No, no tienes que hacer nada, pero..."

"Perfecto. Ya he visto suficiente. Vámonos."

Se inclinó y tomó las riendas de su caballo, pero Colin se acercó y sujetó la brida antes de que pudiera girarse.

"Tienes el rostro enrojecido. Estás alterada. Háblame, Tess."

"No tengo nada que decir. No aquí. Sólo quiero irme." Oía la tensión en su propia voz, el temblor del terror que intentaba reprimir. El patio se sentía estrecho, sofocante. Quiso apartarle la mano, pero él no la soltó.

"No quiero estar aquí, Colin. Nunca quise venir. Quiero irme ya."

"Ven, Tess. Bajemos de los caballos. Enséñame este lugar."

El enojo se apoderó de ella. "He dicho que quiero irme."

"Sí. Y lo harás... cuando sea el momento." Ignorando su furia, desmontó de un salto y la ayudó a bajar.

Apenas tocaron el suelo, Tess se dirigió con paso decidido hacia la puerta. Oyó sus pasos tras ella y echó a correr. Colin la alcanzó justo cuando cruzaba el arco de piedra. Miró desesperada hacia el otro extremo. Las puntas del rastrillo pendían como dientes oscuros desde lo alto.

"Suéltame. Quiero irme."

Colin la sujetó con más fuerza. Tess se revolvió con la fiereza de una gata salvaje. Lo golpeó, le dio patadas, intentó zafarse de su abrazo, pero él no la soltó.

No gritó. No quería que nadie la oyera. No quería que su pueblo supiera que tenía miedo.

"Te voy a matar cuando salgamos de aquí", siseó en voz baja mientras él la giraba entre sus brazos para poder mirarla a los ojos. "Te embarcaré y te tiraré por la borda. Y esta vez dejaré que te ahogues."

"¿Es una promesa?" El maldito tuvo el descaro de sonreírle.

En vez de responder, Tess le dio una fuerte patada en la tibia. Él se estremeció, pero no la soltó. Más bien la empujó hacia la sombra del arco, pegándola contra la fría piedra. Su cuerpo la rodeó.

Ella volvió a forcejear... hasta que comenzó a llorar.

Fue como una explosión de emociones que no podía controlar. Un momento lo odiaba por haberla traído, al siguiente se aferraba a él, sepultando el rostro contra su pecho.

Él no dijo nada. Sólo la abrazó fuerte y la dejó llorar todo lo que necesitaba. Poco a poco, Tess sintió algo más. Calor. Consuelo. El contacto de Colin en su espalda. La fuerza de sus brazos. Su necesidad.

Apretó su cuerpo al de él, y su mirada vagó por el cuello abierto de su camisa, por la piel tersa de su garganta. Sus manos se apoyaron en su pecho firme y cálido, y sintió cómo su alma se desbordaba.

Y lloró más, porque sabía que no podía tenerlo.

Pasó un largo rato antes de que se apartara ligeramente.

"Lo siento. No sé qué me pasó."

Colin le alzó el mentón con ternura hasta que sus ojos se encontraron.

"Todo esto forma parte de dejar atrás el pasado, Tess. Verlo. Recordarlo. Y luego soltarlo."

"Recordar y soltar... esas son las partes más difíciles."

Con el pulgar, le limpió una lágrima que se le deslizaba por la mejilla.

"Necesitas reemplazar esos recuerdos por otros nuevos, mejores."

"Nada podrá borrar las pesadillas de aquella noche. Nada."

Colin la observó con intensidad. "¿Me dejas demostrarte que te equivocas?"

"¿Dejarte?" Soltó una risa trémula. "Daría cualquier cosa por tener algo bueno que recordar..."

El siguiente aliento se le quedó atrapado cuando él la besó.

Y entonces olvidó respirar.

Por un instante, sólo existía ese fuego envolvente. El beso fue tan repentino, tan profundo, que temía moverse, temía pensar, por miedo a romper el hechizo.

La boca de Colin rozó su oreja mientras ella lo abrazaba con fuerza. La besó en el cuello, y ella sintió su pulso desbocado bajo los labios de él. Había tantas cosas que él quería decirle... sobre lo que sentía, sobre cómo ella lo consumía. Pero no era el momento. Ya había demasiadas cargas sobre sus hombros.

Volvió a besarla, con dulzura esta vez, antes de separarse.

"Ven conmigo, Tess."

Y ella fue. Caminó junto a él hacia el patio bañado por el sol, sabiendo con certeza que, si él se lo pidiera, lo seguiría hasta el fin del mundo.

"¿Me contarás lo que has oído sobre este lugar?" preguntó Tess.

En lugar de llevarla a la parte quemada del castillo, la condujo a la torre este.

"Olvida el lugar por ahora. Empecemos por su dueña. Según lo que me contaron en el pueblo, de niña eras una verdadera hada."

Le sonrió con esa sonrisa irresistible y le pasó un brazo por la cintura, acercándola a su costado.

Tess se rió suavemente y se sintió más ligera.

Subieron por una escalera tallada en piedra.

"¿Qué recuerdas de cómo era todo aquí?"

Y ahora que estaba de vuelta, Tess descubría que la memoria volvía sola. Le contó lo que recordaba del castillo. Juntos recorrieron las cocinas, observaron el horno de pan, la artesa de piedra donde se amasaba. El incendio había dañado poco ese sector, y el mayordomo lo había reparado. Aparte de algunas piedras ennegrecidas, el lugar conservaba su forma.

"Recuerdo este sitio lleno de gente. Mucha gente. Y perros. Y niños corriendo por todas partes." Tess se separó y acarició el borde de una mesa. "Casi puedo oler el pan. Casi puedo ver a Robbie, el cocinero, agitando su bastón como un general en plena batalla. Creo que mi madre me tenía prohibido entrar aquí. Pero lo hacía igual."

"Quizá pueda convencer a Robbie de que me cuente más historias sobre ti."

"No hace falta que te molestes", dijo ella, riendo y abrazándolo. "Fui una niña perfecta."

Colin la besó otra vez, esta vez apenas un roce en los labios, seguido de un murmullo travieso en su oído, antes de guiarla hacia otra sala del torreón.

El Gran Comedor se extendía entre las dos torres. Dos de los ancianos que los habían recibido afuera se acercaron, encantados de verla allí.

"No podía dejar que vuestra ama se fuera sin enseñarme este sitio", explicó Colin, haciéndolos parte de la conversación con amabilidad.

El comedor era más viejo de lo que ella recordaba. El tiempo no había sido benévolo. Polvo por todas partes. Pájaros anidando en las vigas. Un par de perros desconfiados acechaban desde las sombras.

Las largas mesas estaban volcadas, rotas. En la enorme chimenea del estrado, lo único que quedaba era el fragmento carbonizado de una de ellas.

Entonces, los sonidos del pasado la envolvieron: carcajadas, pasos, platos chocando, gaitas sonando. El resplandor ámbar de las antorchas. Era un trozo de infancia. Una ventana al ayer.

Avanzó hacia el estrado.

El suelo cubierto de juncos estaba desgarrado, sucio, olía a abandono. Muchas secciones ni siquiera estaban. Buscó los tapices de colores que una vez decoraron las paredes. La mayoría se habían perdido, aunque un jirón colgaba entre dos ventanas. El escudo Lindsay también había desaparecido del hogar.

Una ráfaga de viento recorrió la sala. Tess se abrazó los brazos por el frío repentino... y su mirada volvió al hogar.

En su mente, volvió a ser aquella niña temblorosa a la que su niñera había obligado a bajar a recibir a su padre, tras una larga ausencia.

Y volvió al pasado.

El gran hombre se paseaba impaciente frente al hogar. Aunque no llevaba armadura, Tess distinguía claramente las marcas de cota de malla y cuero sobre la túnica acolchada de color negro. Un nudo de miedo se apretó en su vientre.

Sir Stephen Lindsay dejó de caminar en cuanto la vio.

"¡Tess!", exclamó.

Ella mantuvo la vista fija en sus botas manchadas y se preguntó si esas manchas oscuras serían sangre de alguien.

"Acércate, niña."

Sus pies no respondían. Vio cómo el puño gigante del laird se abría, tendiéndole la mano en señal de bienvenida. Se estremeció al recordar las historias que le contaba su madre: relatos de matanzas furiosas cometidas con esas mismas manos.

"Por la santa... mi propia Tess. Has crecido tanto desde la última vez que te vi."

Cruzó el suelo cubierto de juncos con los ojos llenos de lágrimas. Se había negado a verlo la última vez que él estuvo en Ravenie, y eso le había costado caro: un cachorro al que quería como si fuera suyo desapareció cuando su padre regresó a la guerra. Su madre se lo había contado. Fue el castigo del laird por amar a un animal más que a su propia sangre.

"Tengo buenas noticias para ti, Tess."

Ella siguió mirando las botas que se acercaban, y las lágrimas comenzaron a rodar por sus mejillas.

"Esta vez estaré en casa por un tiempo."

Cuando él le puso una mano sobre el hombro, cada fibra del cuerpo de Tess se tensó. Se mordió el labio para no echarse a correr.

"¿Qué pasa, muchacha?"

El laird se agachó frente a ella, y Tess alzó la vista. No estaba preparada para el dolor que encontró en esos ojos oscuros, los mismos que, según Elsie, se parecían tanto a los suyos.

"¿Por qué lloras?"

Tess se sobresaltó al ver que su enorme mano se acercaba a su rostro, pero el roce del pulgar calloso secándole las lágrimas la sorprendió.

"Sé que no me has visto mucho, niña. He pasado años cumpliendo las órdenes del rey, y tienes razones para considerarme un extraño. Incluso sospecho que me temes. Pero pienso recuperar el tiempo perdido, Tess. Voy a..."

Siguió hablando, pero ella ya no escuchaba. Se concentraba en su rostro. Tan de cerca no parecía tan temible. Olía a cuero, a caballos y a mar, y esos aromas la reconfortaban. Su voz, suave, despertaba un recuerdo lejano, de cuando era pequeña y él aún estaba presente. No recordaba haberle temido entonces.

Desde la puerta del Gran Comedor, la voz aguda de su madre irrumpió: "¡Teresa Catherine!"

"¿Tess?"

Se dio la vuelta, confundida, y encontró a Colin observándola. Los trabajadores del castillo ya se habían ido.

"¿Qué pasa, Tess?"

"Estaban aquí. Mi padre... mi madre. Ella se enojó porque bajé a verlo." Miró hacia el hogar. "Lo recuerdo. Me hizo un regalo antes de enviarme a dormir. Me dio la cruz con gemas por mi sexto cumpleaños, que era al día siguiente. Me dijo que me vería en la mañana."

No se había dado cuenta de que estaba llorando hasta que sintió los brazos de Colin rodearla.

"Estaban todos aquí." Lo miró con urgencia. "Empiezo a recordar."

Lanzó una mirada nerviosa hacia la puerta que conducía a la torre oeste. "¿Me acompañas?"

La mano de Colin apretó la suya con fuerza.

Sus pasos fueron firmes mientras avanzaban hacia la planta baja de la torre. Al atravesar el umbral, entraron en un gran espacio abierto. Al levantar la vista, Tess vio que los pisos superiores habían desaparecido por completo. Solo quedaban los maderos calcinados que asomaban de las paredes y grandes chimeneas ennegrecidas por el humo.

"Nuestros dormitorios estaban ahí arriba", murmuró Tess. Mientras hablaba y los recuerdos comenzaban a surgir con más claridad, su cuerpo temblaba. Aun así, se aferró a la mano de Colin y continuó. "Todo empezó en mitad de la noche. Me desperté asustada. Pensé que había escuchado algo. Había un olor tenue a humo en el aire."

Colin la abrazó por los hombros, atrayéndola contra él.

"¿Qué hiciste?"

"Tomé una vela y salí al pasillo, justo por ahí." Señaló. "Oí un forcejeo en los aposentos del laird, junto a mi habitación. Vi cómo se abría la puerta, lenta, sobre sus goznes. Un momento después, mi padre salió. Estaba pálido. Sus ojos estaban oscuros. Me miró... solo un instante. Extendió la mano hacia mí y, cuando yo hice lo mismo... apretó su broche contra mi palma."

Tess tragó saliva con dificultad. Las piezas dispersas de sus pesadillas empezaban a encajar. Su respiración se entrecortó.

"Después, se le cayó la espada de la otra mano. Cayó a mis pies. Un puñal le sobresalía de la espalda."

Intentó retroceder, pero Colin la sostuvo con fuerza.

"Grité y me agaché junto a él. Quería tocarlo... pero entonces apareció otro hombre en la puerta."

"¿Lo viste?"

Ella asintió lentamente. "Vi al hombre que lo mató."

"¿Lo conocías?"

"Era un desconocido."

Colin la miró fijamente. "¿Lo reconocerías si lo volvieras a ver?"

Tess dudó un instante, luego extendió la mano y abrió los dedos frente a él. "Tenía la cara manchada de sangre. Y estos dos dedos, estos dos le faltaban. Creo que mi padre se los cortó. Le sangraba la mano."

"¿Te vio? ¿Supo que lo habías visto?"

"Sí. Vino tras de mí... para matarme. Así que sí, lo supo. Todas mis pesadillas han sido huir de ese hombre."

Colin bajó la voz, con tono tenso. "Entonces tu vida podría seguir en peligro." Su mano se deslizó hacia la empuñadura de su daga. "Podría haber sido un Lindsay."

"No lo creo. Si lo fuera, lo habría reconocido."

"No podías conocer a todos los miembros del clan siendo una niña. El hombre, o los hombres responsables de aquella noche, podrían seguir aquí."

Ella negó con la cabeza. "No lo creo. Recuerdo que, cuando me llevaban aquella noche, me dijeron que mi madre estaba con mi padre en su habitación. Eso quiere decir que también debió de ver al asesino. Y, sin embargo, sobrevivió. No le pasó nada."

"Eso asumiendo que estuviera con él. Todos saben que no tenían un buen matrimonio. Bien pudo estar en su propia habitación... o en otra parte."

Tess no podía discutirlo. No sabía dónde estaba su madre ni qué clase de relación tenían sus padres.

"Tenemos que sacarte de aquí", dijo Colin, tomando su mano y guiándola hacia la puerta. "No me preocupa lo que haya visto tu madre. Me preocupa protegerte. Y estar sola en esta ala en ruinas es cualquier cosa menos que seguro."

Capítulo Catorce

"Lady Evelyn es su madre", dijo el laird, "y no se equivoca al ordenar que Tess vaya a los Borders".

"Como su *madre*, era de esperar que no perdiera tiempo en venir a verla", replicó Colin acaloradamente.

"Si insinúas que podría haber viajado a las Highlands, te recuerdo que no conocemos su situación."

"No me importa su situación. Ante una noticia así, ¿qué madre no correría al encuentro de su única hija?"

"La carta de lady Evelyn dice que está exultante de haberla recuperado."

"Unas líneas apresuradas en un trozo de pergamino no me suenan a júbilo. ¿Y a quién iba dirigida la carta? A ti, no a su propia hija. ¿Y vamos a quedarnos de brazos cruzados mientras Tess es...?"

Colin seguía despotricando, mientras Alec Macpherson se recostaba contra el tallado de piedra sobre la chimenea. Al otro lado de la habitación, Fiona fingía estudiar el plano de un nuevo granero, pero Alec sabía que su esposa no había prestado atención al dibujo desde que comenzó la conversación con su hijo... y mucho menos ahora.

El grupo de hombres armados que había llegado a última hora de la noche eran Burnett, supuestos parientes lejanos de la madre de Tess. Traían consigo la carta de Evelyn Lindsay, en la que solicitaba, o más bien exigía, que Tess fuera enviada inmediatamente a los Borders con ellos.

En cierto modo, el laird se alegraba de que sus hijos no hubieran traído a Tess de regreso de Ravenie la noche anterior. No le habría agradado entregarle el mensaje. Con razón, pensó ahora, observando a su hijo menor.

Cuando llegaron, Alec pidió hablar primero con Tess. La joven guardó silencio mientras él le comunicaba los deseos de su madre. Como era de esperar de una hija obediente, asintió brevemente cuando él le explicó que los Burnett partirían lo antes posible. Luego salió prácticamente corriendo de la sala.

Un instante después, Colin irrumpió como un huracán.

"¿Qué opina Tess de todo esto?" La pregunta tranquila de Fiona hizo que el laird mirara hacia ella y logró silenciar momentáneamente a su hijo.

"Tú y padre hablasteis con ella. ¿Cómo crees que se siente?"

Alec abrió la boca para responder, pero se encontró con la mirada de su esposa y se detuvo. Ya la conocía. Necesitaban mostrar unidad, y sin duda ella sería más compasiva de lo que él estaba dispuesto a mostrarse.

Se encogió de hombros. "No dijo nada, Colin. Ni una palabra." Miró a su esposa. "Y si algo he aprendido en estos años, es a leer el silencio de una mujer. Y en eso tu madre es una maestra."

Fiona se volvió hacia su hijo. "¿Vienes aquí con tantas quejas sin siquiera saber lo que siente esa joven?"

"No es una niña, madre. Tess tiene diecisiete años."

"Está bien", concedió Fiona. "Pero has entrado aquí sin saber realmente qué piensa. Colin, no tienes derecho a suponer, ni a acusar, ni a quejarte, si Tess tal vez esté conforme con lo que su madre ha decidido para ella."

"Pero no está feliz", protestó con pasión. "Lloraba al salir de esta sala. Estaba visiblemente afectada."

"Entonces tal vez deberías hablar con ella", sugirió el laird. "Siempre me ha parecido prudente acercarse a...."

"Antes de hacerlo", lo interrumpió Fiona "deberías resolver primero la confusión que hay en tu propio corazón. Es mejor ofrecer consuelo cuando uno tiene una solución."

El laird estuvo a punto de preguntar "¿Qué confusión?", pero se contuvo. El muchacho claramente entendía a qué se refería su madre.

"Creo que eso ya está resuelto."

"¿Ah, sí? ¿Y cuánto durará?" insistió Fiona. "¿Es sólo el calor del momento? ¿Un arrebato pasajero dentro de alguna idea de nobleza?"

"Hablo porque la amo."

El laird giró la cabeza. "¿Qué dijiste?"

"¿Amor?" repitió Fiona. "¿Ese amor que une a dos personas para toda la vida?"

"Si ella me acepta..."

"¿Y qué hay de tus otros planes? ¿Esos en los que te veías con la espada al cinto, navegando libremente, persiguiendo barcos mercantes y tesoros?"

"Padre no eligió ese camino. Se casó, se enamoró y encontró la felicidad. ¿Qué tiene de malo?"

"Me enamoré y me casé", admitió Alec, antes de que la discusión siguiera escalando. "Pero no olvidemos el orden de las cosas."

Su esposa y su hijo lo miraron como si acabara de entrar en la sala. Tal vez no era el momento para mencionar su crónica tendencia al mareo.

"Adelante", animó Alec a Fiona.

Ella volvió a mirar a Colin. "No importa lo que haya hecho tu padre. ¿Y tus propios sueños?"

"Cambiamos, crecemos, soñamos nuevos sueños", respondió Colin con vehemencia. "Quien fui antes y lo que anhelaba entonces estaban moldeados por lo que había vivido. Ninguno de aquellos sueños miraba más allá del presente. La permanencia no figuraba en ellos. Ahora sé que era porque nunca había amado de verdad. Nada de lo que soñé entonces podría hacerme feliz ahora."

Empezó a pasearse de nuevo, con impaciencia.

"Sé que puede resultar difícil de creer, sobre todo viniendo del hijo menor. Y sí, mis travesuras pasadas podrían hacer pensar que no hablo en serio. Pero la amo. El futuro no tiene sentido para mí sin ella."

"Detente", dijo solemnemente Alec, cruzando la sala hasta situarse junto a Fiona. Tomó la mano de su esposa y ambos intercambiaron una mirada cargada de significado. Alec recordó claramente el día, veintisiete años atrás, en que él mismo pronunció aquellas palabras en esa misma habitación.

"Colin, nos llena de orgullo saber cuánto te importa esta joven", dijo Fiona, con los ojos grises brillando mientras sonreía. "Tus palabras son muy convincentes."

"Cuando llegue el momento adecuado, deberías repetirlas para conquistarla", añadió el laird.

"Estoy listo", respondió.

"Pero dadas las circunstancias, si le propones matrimonio ahora, Tess podría pensar que lo haces por deber o por compasión", dijo Fiona. "Y ésa no es la base para un vínculo duradero."

"Y ni hablar de cómo explicarle todo esto a su madre tan pronto", añadió Alec.

"No es que no tengas méritos", dijo Fiona, con una pizca de tono maternal. "Tess ha heredado tierras, sí, pero tú eres un Macpherson y un Drummond, y llevas sangre real de los Stewart. No te faltará fortuna propia. Juntos podrían sacar al clan Lindsay de las dificultades."

"Y no es que tus hermanos se opusieran a perder de vista al menor", bromeó Alec. "Pero deberías esperar un poco... al menos hasta que Tess se reúna con su madre. Necesita resolver su pasado antes de trazar su futuro."

* * *

"Vamos, niña. Esto no es el fin del mundo. Vas a visitar a tu madre y luego volverás con nosotros."

Tess deseó tener la seguridad de Lady Fiona. Se secó las lágrimas y miró con vergüenza el baúl con sus cosas preparado para el viaje. Su mirada se desvió hacia el vestido de terciopelo sobre la cama, dispuesto para su última cena en Benmore. Aquella familia tan generosa lo planeaba todo para ella. Lo hacía todo por ella.

Tras rechazar la ayuda de las criadas para arreglarse, fue la propia lady Fiona quien subió a verla. La encontró acurrucada en el asiento de la ventana, atrapada en su tristeza, sin poder detener el llanto.

"¿Por qué no hablas conmigo?" Le rodeó los hombros con un brazo cálido. "¿No quieres ver a tu madre?"

"Sí. Sí quiero", exclamó Tess. "Perdóneme. Me estoy comportando como una desagradecida. Tengo que parar ya."

"Dime, niña, ¿tienes miedo de que, al ir a las Lowlands, no te permitan volver?"

Tess asintió... y luego negó con la cabeza. "No lo sé. Estoy segura de que lady Evelyn querrá que me quede. Pero ya he tomado una decisión. He sido independiente durante demasiados años como para que ella me diga qué hacer... o me obligue a algo. Los Lindsay me necesitan, milady. Y yo los necesito a ellos."

"Pero estás muy alterada." Fiona le apartó con ternura un mechón de cabello de la frente. Su expresión se volvió pensativa. "¿Has hablado con Colin desde que mi esposo y yo conversamos contigo?"

Tess negó con la cabeza. Después de su tiempo juntos en Ravenie, había albergado la esperanza de que él compartiera sus sentimientos. Que quizá pudieran tener un futuro. Pero, aunque sabía que dejarlo era lo que más le dolía, no quería que él lo notara.

Desde el regreso de Ravenie, Colin había estado pendiente de todo. Sabía que lo hacía por su seguridad, pero eso no les dejó mucho espacio para hablar. Y desde que se enteró de la carta de su madre, apenas lo había visto. Excepto por aquel instante, al salir de la sala de los lairds.

Un pensamiento punzante atravesó su corazón como hielo: tal vez él deseaba que se marchara. Tal vez, para Colin, Tess debía seguir su propio camino y dejarlo a él seguir el suyo.

"He oído que esta tarde tenía algunos asuntos que atender", dijo la madre de Colin.

Tess agradeció la explicación de Fiona. "Ya le he quitado demasiado tiempo. Fue muy amable de su parte... y también de James... acompañarme al castillo de Ravenie. No sé qué habría hecho sin su ayuda."

"James me contó lo magnífica que estuviste al enfrentarte a tu clan. Dijo que fuiste impresionante, tanto por tu valentía como por la elocuencia con que pediste su aceptación."

Tess negó con timidez. No se sentía con derecho a ningún elogio, no después de haberse mostrado tan frágil desde su regreso.

"James es muy generoso. Pero gracias a la ayuda de sus hijos, las cosas ya han comenzado a cambiar en la tierra de mi padre. Y ahora me doy cuenta de que esta tonta muestra de histeria esta tarde..." Intentó sonreír. "La verdad es que ustedes son la primera familia de verdad con la que me he encontrado en mucho tiempo." Sacudió la cabeza. "La primera familia que he conocido."

"Te quiero, niña." Fiona Macpherson la estrechó con cariño y le dio un beso en la frente. Tess sintió cómo sus emociones la asfixiaban. "Tess, eres la hija que he estado esperando. Ahora, vamos. No dejemos que se desperdicie esta hermosa noche. Hay gente que nos espera abajo. Tenemos que celebrar."

Tess permitió que la ayudara a ponerse de pie. Contuvo sus lágrimas y, con la ayuda de Fiona, se preparó para el banquete que se ofrecía en su honor. Esta noche sonreiría y demostraría su gratitud a la familia que la había acogido.

Mañana, cuando emprendiera su viaje hacia el sur, tendría tiempo de sobra para llorar.

LA CENA en el castillo de Benmore fue un acontecimiento inolvidable.

Los domésticos iban de un lado a otro; en las mesas reinaban las risas y la charla; los niños bailaban al ritmo de la música y perseguían a los perros entre carcajadas. Alexander y James conversaban animadamente con los miembros del clan. El laird y su esposa eran anfitriones perfectos. Pero desde que comenzó la cena, Tess no prestó atención a nada ni a nadie, salvo al joven apuesto y silencioso que estaba sentado a su lado.

Era su última noche juntos, sus últimos momentos. Pero ninguno de los dos decía gran cosa. Tess tenía miedo de mirarlo directamente. Aun estando a su lado, ya lo extrañaba. Las lágrimas se agolpaban en sus ojos, y apenas podía contenerlas.

Un lacayo retiró una bandeja de comida que apenas había tocado y la reemplazó por un surtido de frutas.

"¿No tienes hambre esta noche?", preguntó Colin.

Tess intentó recomponerse, buscar la voz para contestar, pero solo logró negar con la cabeza.

"¿Tampoco tienes sed?" Se inclinó hacia ella para ver su taza. El roce de su cabello en la mejilla de Tess hizo que se estremeciera. "¿Qué estás bebiendo?"

Tess rodeó la taza con ambas manos. "Agua."

"No es mucho alimento, considerando los largos días de viaje que te esperan."

No necesitaba que se lo recordara. Su barbilla comenzó a temblar, sintiendo que su compostura estaba a punto de derrumbarse. Levantó la taza para esconder su tristeza tras ella, pero la gran mano de Colin cubrió la suya, atrapándola con suavidad, mientras con la otra llenaba su copa desde una jarra.

"¿Tienes frío?"

"No frío. Tristeza." El rubor le subió al rostro al confesar lo que sentía. Sin embargo, se atrevió a mirarlo. Sus ojos eran brasas encendidas. "Mañana me voy, y eso me deja muy poco tiempo para despedirme de quienes ahora quiero."

"Esto no tiene por qué ser una despedida definitiva." Colin le apartó despreocupadamente un mechón de la mejilla. Sus dedos rozaron su piel, dejándole un leve cosquilleo.

"Yo... tengo pocas esperanzas de volver." Avergonzada por sonar como si suplicara una invitación, Tess apartó la mirada y la clavó en el mantel. Lo amaba con tal intensidad que dolía. Pero su orgullo le impedía quebrarse. No mendigaría su afecto. "Dicen que un camino siempre conduce a otro."

Parpadeó, conteniendo las lágrimas.

"¿Has tenido oportunidad de conocer a los hombres que tu madre envió como escolta?"

Ella agradeció el cambio de tema. "Sí."

"¿Los conoces? ¿Los has visto antes?"

Sacudió la cabeza sin levantar la vista.

"¿No preferirías viajar acompañada de alguien que conozcas?" Colin le alzó el mentón con delicadeza. "Alguien en quien confíes... y que tal vez te importe. Alguien que desee conocer a tu madre, buscar su aprobación. ¿No preferirías que alguien así te acompañara a los Borders?"

Tess no pudo ignorar el estruendo repentino de su corazón. "¿Estás... estás ofreciéndote?"

Le limpió con ternura una lágrima que corría por su mejilla. "Sí, si me aceptas."

Soltó una risa entre lágrimas. "Nada me haría más feliz."

"¿Estás seguro de que no quieres que los sigamos?", preguntó Alexander. Él, James y el laird estaban de pie sobre las almenas del castillo, observando al grupo de los Burnett, con Tess, Colin y media docena de Macphersons, que descendía la colina rumbo a los Borders. "Lo que va a enfrentar podría ser más peligroso que ser arrastrado por la corriente desde la cubierta de un barco."

"Estará bien", dijo el laird, observando la comitiva que se alejaba.

"Pero tú mismo viste lo hostiles que estaban esos malditos Burnett anoche", insistió Alexander, "cuando vieron cómo se miraban Colin y Tess."

"Sabemos que quiere arreglárselas solo", añadió James. "Pero estará en clara desventaja numérica una vez que salgan de nuestras tierras. E incluso si llegan a los Borders, ¿qué pasa si a lady Evelyn no le gusta su presencia? Esa bruja podría encerrarlo en sus calabozos o..."

"Creí que estaban deseando deshacerse de él."

"Hablamos en serio, padre", dijo Alexander, lanzando otra mirada preocupada hacia el sendero.

"Está bien, muchachos, pero esto fue decisión de Colin. Quería que la madre de Tess no lo viera como una amenaza. De verdad espera ganarse su confianza... por el bien de la joven."

"¿Y si las cosas no salen como él espera?"

"Entonces demoleremos su castillo, piedra por piedra."

A pesar del tono solemne del laird, era evidente que ni Alexander ni James se sentían tranquilos con la idea de esperar.

"Ya sé lo que piensan. Se preguntan por qué no seguirlos. Podríamos estar cerca, listos si él los necesitara."

Ambos asintieron.

"Pero eso no sería dejar que tome sus propias decisiones. Ahora es un hombre. Tiene derecho a cometer sus propios errores." Alec Macpherson puso una mano sobre los hombros de sus hijos y los condujo hacia la escalera de caracol que descendía de la torre. "Pero preferiría que no dijeran nada de esto a su madre."

Capítulo Quince

Los guerreros Burnett eran, en verdad, un grupo hosco, y su hostilidad se volvía cada vez menos disimulada a medida que se alejaban del castillo de Benmore.

Sin embargo, Colin no se molestaba, pues él y Tess habían marcado su propio ritmo durante la mayor parte del día, obligando a los Lowlanders a aminorar la marcha. Al caer la noche, Colin envió a un par de sus hombres junto con algunos de los Burnett a buscar un lugar adecuado donde acampar hasta la mañana siguiente. Mientras esperaban el regreso del grupo de exploración, continuaron avanzando lentamente.

A pesar de la aprensión de Tess ante la inminente reunión con Evelyn, ambos habían realmente disfrutado del día. Colin le había contado buena parte de la historia de las Highlands mientras atravesaban las tierras de los clanes. Ella, por su parte, le había preguntado cómo podría traer mayor prosperidad al pueblo del clan Lindsay. La conversación había girado también en torno a la familia. Colin le habló a Tess de sus padres y hermanos.

"Me avergüenza pensar lo poco que sé de mi propia familia", dijo Tess. "Lord Alec me contó que mi padre no tenía hermanos y que sus padres murieron antes de que yo naciera. Y ahora sé que mi madre pertenece a la familia Fleming, de los Borders". Bajó la voz y dirigió una mirada desconfiada a la comitiva de Lowlanders que cabalgaba unos metros por delante.

"Pero en cuanto a la relación entre los Fleming y los Burnett, no recuerdo absolutamente nada de ellos".

Colin asintió. "Mi madre mencionó que hay gente Fleming a ambos lados del Tweed, tanto en las Lowlands como en las colinas de los Borders... e incluso en Inglaterra. Según recuerda mi padre, Edward Fleming, tu abuelo, tuvo cinco hijas. Antes de morir, logró concertar matrimonios ventajosos para todas".

"Vagamente recuerdo a lady Evelyn hablar de sus hermanas mayores. Creo que en algunos momentos las extrañaba, pero también les guardaba rencor por haberse casado con ingleses o con hombres de los Borders". Tess sacudió la cabeza con tristeza. Desde aquella mañana en el castillo de Ravenie, los fragmentos de su memoria infantil no habían dejado de ordenarse. Era como un rompecabezas complejo, pero mientras más piezas encontraba, más clara se volvía la imagen. "Es perturbador pensar en los prejuicios de mi madre contra los Highlanders. Me cuesta creer que alguna vez haya intentado comprender a su nuevo pueblo... o a su propio esposo".

"La gente cambia." Colin acercó su caballo al de ella y le tomó la mano con ternura. "Ha vivido once años bajo la protección de ese hombre, su primo... ese tal David Burnett. Debe de ser alguien honesto y honorable para haber asumido tal responsabilidad. Evelyn podría no ser la misma mujer que tú recuerdas. Acércate a ella con la mente abierta, Tess. Dale una oportunidad".

Sus ojos, oscuros y hermosos, brillaban con una esperanza renovada cuando le sonrió. "Lo único que tengo que decirte es que más le vale tratarte bien. Si no lo hace, pronto aprenderá cuánto he cambiado".

Colin no pudo contenerse. Se inclinó y la besó, dejando caer las riendas sin pensarlo.

El sonido de caballos aproximándose los hizo volver a la realidad. Se separó y alzó la vista hacia la cresta por la que avanzaban. El grupo que había partido al frente regresaba al galope. Colin miró a Tess. Un rubor profundo teñía sus mejillas. Se llevó los dedos a los labios y le sonrió.

"Encontramos un lugar", gritó uno de los Burnett. Colin y Tess giraron hacia él.

El sitio era una cabaña abandonada junto a un lago. Un bosquecillo de pinos al sur ofrecía leña para el fuego y resguardo del viento. Tess dormiría dentro de la cabaña, tal como estaba, y los demás acamparían cerca del lindero del bosque.

Mientras descendían hacia el claro, Colin ordenó que sus hombres se unieran a los Burnett para montar guardia en dos pequeñas colinas que dominaban el terreno. No esperaba que el lugar fuera tan aislado, y la neblina que se elevaba desde el lago contribuía poco a disipar la inquietud. Pero la noche ya caía, y no había tiempo para buscar otro sitio.

Colin desmontó y observó el entorno. Por primera vez desde que iniciaron el viaje, dudó de su decisión de no haber pedido refuerzos Macpherson para acompañarlos hasta los Borders. Al día siguiente dejarían las Highlands, y el relato de Tess sobre el asesino de su padre seguía latiendo en su memoria. ¿Y si el asesino aún vivía? ¿Y si sabía que Tess había sobrevivido? Podía estar esperando el momento justo para actuar. Aunque había suficientes hombres entre los Macpherson y los Burnett para protegerla, Colin no confiaba en la lealtad ni en la habilidad de combate de aquellos Lowlanders.

Algunos ya encendían fogatas y levantaban tiendas junto a los árboles. Colin ayudó a Tess a desmontar y le pidió que se quedara con los demás mientras inspeccionaba la cabaña.

La construcción tenía una puerta y una estrecha ventana al frente. Las paredes eran sólidas, aunque una abertura en el techo de paja servía como chimenea improvisada. Encendió un fuego enseguida; el interior estaba húmedo y frío. Aparte de un montón de paja vieja en un rincón, el lugar estaba vacío.

"¿Estás seguro de que no quieres quedarte aquí conmigo?"

Colin se volvió y la vio en la puerta. Parecía exhausta, y comprendió que su pregunta no era una provocación. Se sentía genuinamente incómoda.

"¿Tú también lo sientes?", preguntó él, mirándola fijo.

"No sé lo que siento", murmuró, justo cuando un trueno retumbó en las colinas. "No es como si no hubiéramos estado solos antes. En la Isla de May conseguimos dormir..."

"Lo sé. Pero aquí hay demasiados hombres dispuestos a correr con cualquier chisme que puedan llevarle a tu madre." Intentó tranquilizarla. "Estaré junto a la puerta. Llámame si me necesitas."

Ella asintió con resignación y se apoyó contra la pared. Colin salió y volvió con un par de mantas. Tess insistió en preparar su propio lecho y se negó a cenar. Sin embargo, justo después de que Colin le diera un beso de buenas noches y se diera vuelta para salir, ella le tocó el brazo.

"¿Vas a estar cerca?"

"Justo al otro lado del umbral", señaló, aunque la inquietud en su rostro era evidente. "¿Hay algo que no me estás contando?"

Sacudió la cabeza. "Estoy solo... muy cansada."

Colin volvió a besarla y se retiró a su puesto, al otro lado de la puerta.

TESS AVANZABA A CIEGAS, palpando en la oscuridad. A través de telarañas y nieblas, caminaba, sus dedos tanteaban las paredes ásperas, húmedas, donde algo viscoso rezumaba entre las piedras. A medida que avanzaba, empezaban a aparecer puertas a cada lado. Pero ninguna se abría, por más que empujara. Eran como losas de madera gruesa, selladas por algún rey ogro dentro de la roca sólida.

El aire del pasillo era espeso, húmedo. Gotas de lodo goteaban del techo sobre su cabeza y rostro. El pánico comenzó a apoderarse de sus movimientos. Rasguñaba las paredes, desesperada por encontrar una salida, pero no había nada. Respiraba con dificultad. Los pasadizos se estrechaban más y más. No podía quedarse quieta. No podía retroceder. El lugar parecía una tumba, sin escape.

La oscuridad la envolvió, y de pronto no supo si estaba de pie o acostada. No había arriba ni abajo. Flotaba.

Entonces, vio una rendija de luz que salía por lo que parecía ser una puerta de madera justo al frente. Recuperó el sentido de orientación y corrió hacia ella, aunque las paredes seguían cerrándose. Piedras y barro le llovían encima mientras avanzaba, golpeándole el rostro y las manos. Ignoró el dolor y siguió.

Finalmente, estaba frente a la puerta.

La luz del sol se filtraba por la rendija. La superficie de la madera irradiaba calor. Tess vio el pestillo y lo alcanzó. También estaba caliente. Lo levantó y comenzó a empujar la puerta para abrirla.

"¡No entres!"

El grito de advertencia resonó entre las paredes... ¿o provenía de algún rincón dentro de su propia mente? Era una voz que conocía bien. Pero la luz la llamaba. Tenía frío. Tenía miedo. Necesitaba escapar de ese mundo subterráneo, de esa tumba. Miró sus dedos, aferrados con desesperación al pestillo.

"Pero necesito la luz... para encontrar mi camino". Su voz era apenas un susurro hueco en medio de la oscuridad.

Puedes encontrar tu camino sin ella. Tú puedes, Tess.

Se llevó los dedos al pecho. Dio un paso atrás. Su mirada permanecía fija en el pestillo, que ahora comenzaba a brillar en la penumbra. Dio otro paso atrás. La puerta empezó a abrirse sola. Y, una vez abierta del todo, vio la luz al final del túnel. Las paredes que seguían más allá eran lisas. Tess retrocedió otro paso cuando comprendió que la luz avanzaba hacia ella. Se acercaba rápidamente, su fulgor creciendo con cada segundo.

El calor se intensificó. Estaba ardiendo. La luz no se detenía, pero ella no podía retroceder con suficiente rapidez. Su espalda chocó contra la pared y jadeó al ver cómo la luz se transformaba en una esfera de fuego que se lanzaba directamente hacia ella.

Tess se incorporó de golpe, rodeada por la negrura. Le costaba respirar. El cuerpo le temblaba, aunque estaba empapada en sudor.

Durante unos segundos no supo dónde se encontraba, pero poco a poco, al disiparse la pesadilla, recordó la cabaña. El campamento. Colin le había prometido que estaría afuera. Se levantó sin pensar. No se detuvo a recoger su capa. Sabía, con todo su ser, que tenía que salir de allí. Que debía huir. Tropezó con las mantas, pero logró mantenerse en pie y alcanzar la puerta.

Salió a la noche... pero Colin no estaba frente a la cabaña. Una oleada de pánico la envolvió, y sintió el sabor amargo de la bilis subiéndole por la garganta. Tenía que marcharse. Tenía que escapar.

Corre. La voz familiar martilleaba en su cabeza. *Corre.*

Vio el lago brillando a la distancia y corrió hacia él. Descendió por la pradera, siguiendo el cauce de una zanja, sin perder de vista el agua. Al pasar junto a una arboleda, unas manos fuertes la sujetaron por detrás. Forcejeó, pero al oír un susurro familiar, se detuvo. Era Colin. Se volvió en sus brazos.

"¿Qué sucede, Tess?" Le tocó el rostro, los brazos. "Estás temblando. ¿Qué ha pasado?"

Sacudió la cabeza, un sollozo le subió por la garganta. "No podía encontrarte", susurró. "No encontraba el camino."

Él la rodeó con un brazo y la acompañó hasta la orilla del lago. "Me pareció oír algo... o alguien... junto a los caballos. Fui a ver y entonces te vi corriendo hacia acá." En el borde pedregoso, se arrodilló y pasó una mano por el agua.

"Estás ardiendo." Le humedeció el rostro con la mano. Tess agradeció la frescura del agua, pero aún más, su contacto.

Un silbido y un crujido repentino los hizo girar hacia la cabaña. Se quedaron inmóviles por un largo instante. El edificio estaba envuelto en llamas.

Colin desenvainó su espada y empujó a Tess detrás de él mientras un grupo de jinetes emergía del bosque, galopando junto al fuego. Algunos lanzaban flechas incendiarias por las ventanas y hacia la puerta, otros arrojaban haces de ramas, que también prendieron al instante. En cuestión de minutos, la cabaña se convirtió en una hoguera.

Los hombres del campamento se levantaron y corrieron tras los atacantes, mientras otros intentaban contener las llamas, pero ya era tarde. El techo se vino abajo y, poco después, las paredes comenzaron a desplomarse hacia el interior. Las chispas doradas y las llamas se alzaban hacia el cielo nocturno.

La escena parecía irreal. Tess, sentada sobre un montón de piedras junto al lago, contemplaba el fuego. Había estado tan cerca de morir, atrapada en el interior... tal vez incluso alcanzada por una flecha en llamas. La imagen vivía en su mente: la bola de fuego lanzándose hacia ella.

Miró en busca de Colin. Dos guerreros Macpherson, con las espadas desenvainadas, se mantenían a su lado. Pero él estaba cerca de la cabaña, gritando órdenes a los Burnett y a sus propios hombres. Los atacantes ya se habían desvanecido, igual de rápido que habían aparecido.

Unos minutos más tarde, Colin cruzó el campo y se acercó a ella. Tess se levantó de un salto. Sin decir una palabra, él la abrazó con fuerza, estrechándola largo rato entre sus brazos.

"Estuvo demasiado cerca. Al diablo con la prudencia, no pienso apartarme de ti hasta que lleguemos al castillo de Ninestane."

"¿Quiénes eran?"

"Los Burnett creen que eran simples bandidos." Le tomó el rostro entre las manos y la miró a los ojos. "Pero tú viste lo que pasó. Yo creo que venían por ti, Tess."

Ella comenzó a temblar de forma incontrolable.

"Si te sientes capaz, me gustaría que partiéramos ya. Si esos malditos nos observan, pronto se darán cuenta de que sigues viva. Y no vamos a volver a quedar atrapados en un sitio tan expuesto."

"Estoy bien." Reunió todo su coraje y echó una última mirada a lo que quedaba de la cabaña. "Me han dado otra oportunidad. No pienso desperdiciarla."

Capítulo Dieciséis

CANSADOS Y CON frio por la lluvia persistente, los viajeros divisaron por fin la torre en el crepúsculo, alzándose lúgubre sobre las aguas turbias del río Tweed. El castillo de Ninestane, asentado sobre un promontorio rocoso en un recodo del río, no ofrecía una imagen acogedora bajo la creciente oscuridad, y aquella impresión no hizo sino intensificar la ansiedad que embargaba a Tess.

Habían cabalgado durante tanto tiempo y con tal intensidad que Tess ya no distinguía sus piernas de la silla. Estaba empapada hasta los huesos por días enteros de lluvia. Cansada. Hambrienta. Pero, decidida a enfrentar lo que la aguardaba, espoleó a su caballo por la última colina y contempló el panorama. El terreno, saturado de agua, se había convertido en un lodazal resbaladizo. La torre, que se erguía sobre el muro cortina, era gris y amenazadora.

Se llevó una mano al vientre, tratando de calmar el nudo que llevaba días oprimiéndola.

"¿Cómo te sientes?", preguntó Colin, deteniendo su caballo junto al de ella.

"No lo sé." No podía apartar la vista de la imponente estructura. "Supongo que tengo miedo."

"Es tu madre, Tess. ¿Cómo no habría de quererte?"

Frunció el ceño, dándose cuenta de que ya no sentía emoción. Sólo aprensión.

"No ha sonado ningún cuerno de guerra, y sin embargo estás armada hasta los dientes", dijo él, sonriendo con dulzura. Le apartó con suavidad las gotas de lluvia de las mejillas con un dedo.

Un murmullo recorrió el grupo: jinetes se acercaban desde el castillo. Resignada, Tess se colocó junto a Colin y fue recibida por un grupo aún más numeroso de hombres Burnett. Aquellos no eran más cordiales que los que los habían escoltado durante lo que le había parecido una eternidad. Con una mirada de aliento de Colin, Tess avanzó.

Atravesaron una aldea encogida contra el muro cortina del castillo. Tess no pudo evitar fijarse en el estado ruinoso de las casas. Un grupo de aldeanos harapientos permanecía bajo la lluvia, observando con asombro a Tess, a Colin y a los Macpherson, rodeados por los Burnett como si fueran prisioneros enemigos. Tess vio los rostros flacos y demacrados y supo, con un presentimiento amargo, que ese tal David Burnett no le caería bien.

Lo que veía allí le recordaba demasiado a los rostros que había visto entre los Lindsay. No le cabía duda de que ese mismo hombre debía de haber enviado a Flannan a administrar el castillo de Ravenie y sus tierras.

Espoleando a su montura por el sendero resbaladizo que conducía al castillo, la angustia de Tess crecía. Su madre siempre se había quejado de su vida en las Highlands y de su marido... pero esto parecía infinitamente peor.

Había tantas cosas que necesitaba entender sobre Lady Evelyn...

"Por favor, quédate cerca de mí... al menos hasta que la veamos."

Colin asintió con gravedad, claramente compartía su inquietud. Tess le dirigió una mirada agradecida y siguió avanzando por la corta colina hasta el puente levadizo que cruzaba el foso.

Dentro de los muros de la vieja fortaleza, el ambiente era opresivo. Decenas de Burnett armados montaban guardia a pesar de la lluvia. Antorchas encendidas lanzaban humo denso que impregnaba el estrecho patio. Tess sintió que le faltaba el aire.

Unos escalones de madera llevaban desde el patio embarrado hasta la entrada principal. Colin y ella detuvieron sus caballos al pie de la escalera.

"Creo que hemos llegado", dijo Colin con tono animado, en un intento evidente por aliviar la tensión. Pero Tess notó cómo llevaba la espada suelta a la espalda y las dagas al alcance de la mano. Aunque sabía que poco podrían hacer si se desataba un conflicto, le reconfortaba su presencia. Él la ayudó a desmontar, y sus pies se hundieron hasta los tobillos en el barro.

Fue Colin quien pareció verla primero. Tess siguió su mirada.

Una mujer se erguía bajo el alero de la entrada principal, las manos cruzadas sobre la cintura. Un temblor recorrió a Tess. Once años de ausencia parecieron borrarse de pronto, y volvió a sentirse una niña hambrienta del afecto y de la aprobación de su madre. Sin embargo, se obligó a mantener la compostura y subió los escalones con paso digno.

A pesar del manto de piel que cubría sus hombros, Lady Evelyn seguía tan delgada como Tess la recordaba. No alcanzaba a verle los ojos ni distinguir la expresión de su rostro. Alzó una mano para protegerse de la lluvia y no perderla de vista.

"Bienvenida, Theresa Catherine. Así que al fin has venido." La voz de la mujer la detuvo antes de dar el primer paso. No había rastro de afecto en su tono, sólo una frialdad contenida... y algo más. ¿Miedo? ¿Pero miedo de qué? ¿De Colin? ¿De la propia Tess?

La miró unos segundos más, luego giró la cabeza hacia Colin, que aún esperaba ser reconocido.

"¿A qué esperas? Entra en el Salón." Sin esperar respuesta, Evelyn se dio media vuelta y desapareció por la puerta.

La decepción golpeó a Tess con una fuerza brutal. La esperanza que se había encendido un instante antes se convirtió en un nudo amargo en la garganta.

"Vamos", murmuró Colin. Le tomó suavemente del brazo y la acompañó escaleras arriba.

Una escalera de caracol los condujo al Gran Salón del castillo de Ninestane, una estancia alta revestida de paneles de madera, con un fuego encendido al fondo de la sala. Sirvientes se movían entre las sombras y media docena de guerreros Burnett observaban fijamente al Highlander. Varias damas de compañía estaban apostadas cerca de su señora, pero Evelyn se mantenía sola, erguida en el estrado cuando Tess y Colin cruzaron la sala.

"Jenny te llevará a tu alcoba, Theresa. Puedes asearte y cambiarte para la cena." Con un seco ademán, Evelyn indicó a Tess que siguiera a una sirvienta que se acercó con rapidez. Luego se volvió hacia Colin. "Llevarás a tus hombres al ala oeste, a las cocinas. Os alimentarán y luego partiréis de regreso a las Highlands... esta misma noche."

Tess se sobrepuso al sobresalto que le causó aquel trato tan seco y habló con la mayor alegría que pudo reunir.

"Madre, es maravilloso verte después de tantos años". Tomó el brazo de Colin y lo presentó con una sonrisa. "Permíteme presentarte a Colin Macpherson, el hijo menor de lord Alec Macpherson y lady Fiona Drummond Stewart. Fue él quien me encontró en la Isla de Mayo, y gracias a su valentía estoy viva".

Lady Evelyn los miró con frialdad durante un largo instante.

"Si crees que recibirás una recompensa por tu hazaña, Highlander", dijo con desdén, "estás muy equivocado. Sir David envió suficientes hombres para escoltar a mi hija. Fue decisión tuya venir tan lejos..."

"Milady, él no ha venido a cobrar recompensa alguna", intervino Tess, sintiendo cómo sus temores más profundos cobraban vida. "Fue por compasión y generosidad que él y su familia me ofrecieron su protección. Le debo la vida". Percibió que Colin estaba a punto de objetar, así que le apretó con firmeza el brazo. "No está aquí para recibir pago por nada. Está aquí porque se preocupó lo suficiente como para asegurarse de que estuviera a salvo. Es mi amigo, y me alegra que tengas la oportunidad de conocerlo".

Durante un instante, la palidez cubrió el rostro de su madre.

"Estás diciendo tonterías, Theresa Catherine. ¿Haciéndote amiga de un Highlander?" La recorrió con la mirada, deteniéndose con desagrado en sus ropas mojadas y sucias. "Sube a tu alcoba de inmediato. Quiero que te quites ese harapo inmundo. Ya eres una decepción. Veo que me espera una vida entera de corrección para subsanar todo lo que te falta".

Tess miró con incredulidad la rígida silueta junto al estrado.

Colin habló por primera vez desde su llegada al salón.

"Si me permite un momento, milady, quizá podamos empezar de nuevo. Os sorprendería lo mucho que vuestra hija ha crecido... no a pesar de, sino gracias a su tiempo en la isla".

"¿Crecido en qué? ¿En esquilar ovejas? ¿En remendar redes? ¿En actuar como una tonta?" La voz de Evelyn se tornó cortante. "He leído la carta que me enviaste. Está claro que ni siquiera sabes ejercer el buen juicio".

"¿Y usted sí lo tiene?" replicó Colin. "Para emitir semejante juicio con apenas un vistazo y unas pocas palabras. Si para usted la realización personal se mide en frialdad y arrogancia, entonces qué bendición que Tess fuera apartada de su madre cuando aún era una niña. Sí, una verdadera bendición".

"¿Quién eres tú para hablarme así?" murmuró Evelyn, con el rostro crispado de rabia.

Las lágrimas afloraron a sus ojos, pero no se las secó. Bajó la vista, sin mirar ni a Colin ni a Tess. Tess reconoció el cambio: su madre pasaba de la ira al victimismo con una facilidad inquietante.

"No puedo creer que se me trate con tanta crueldad. Yo, una madre afligida. Una mujer que perdió a su única hija... para siempre. Las noches interminables de angustia. Los días solitarios, sumida en la desesperanza. Y entonces, la noticia de que estabas viva. ¿Y qué hiciste? En vez de venir corriendo a tu madre, decidiste refugiarte con unos completos desconocidos en las Highlands. Los elegiste a ellos por encima de mí. Y luego... luego esperas que yo, a mi edad y en mi estado, me desplace hasta ti para rendirte homenaje."

"¡No fue así!" protestó Tess. "No se te faltó al respeto cuando se te invitó a Benmore".

"Si me escucha un momento," añadió Colin con calma, "entenderá que fui yo quien recomendó que viajara primero a Benmore, en parte porque no sabíamos dónde residías. Como dijo tu hija, no hubo intención de deshonrarte."

"Di lo que quieras. Me han herido profundamente."

Tess quiso responder, pero Evelyn alzó la mano para silenciarla y volvió su rostro hacia Colin.

"Señor, habéis cumplido vuestro deber al traerme a mi hija. Ahora partiréis de inmediato. No deseo la presencia de sucios montañeses en el castillo de Ninestane."

Luego se volvió hacia Tess.

"Y tú, Theresa Catherine, estás ahora bajo mi protección. Harás lo que yo disponga. Para que comprendas la magnitud de mi decepción, te diré que mi plan es presentarte en la Corte y negociar un matrimonio conveniente para ti. Pero eso sólo ocurrirá después de que seas instruida debidamente en las maneras de una dama. Está claro que Sir David y yo tenemos mucho trabajo por delante."

"Pero madre, yo..."

"La discusión ha terminado. Harás lo que se te dice. Te recibiré en mis aposentos cuando te hayas puesto algo más adecuado. Despídete de tu Highlander. No volverás a verle."

Con una última mirada de hielo a Colin, Lady Evelyn se dio la vuelta y abandonó el salón.

***

ENFADADO Y FRUSTRADO, Colin se pasó una mano por el rostro y se quedó mirando la puerta por la que había salido aquella mujer. No era así como había imaginado ese encuentro. La imposibilidad de explicarse como quería lo hacía hervir por dentro.

Por todos los santos, pensó, tampoco había ayudado nada perder los estribos. Para la madre de Tess, él era el mismísimo demonio... y no sabía cómo cambiar esa impresión.

"No era así como creía que irían las cosas". El triste susurro de Tess lo sacó de sus pensamientos. Tenía el rostro enrojecido y los ojos llenos de lágrimas. "¿Podrás perdonarme algún día por haberte metido en todo esto?"

"Quería venir. Y ahora, más que nunca, me alegro de haberlo hecho." Le acarició con ternura la mejilla.

"Ahora la recuerdo por completo, Colin", dijo con voz queda. "No quiero quedarme aquí. Quiero volver a Ravenie. Es allí donde pertenezco. ¿Me llevarás de regreso a las Highlands?"

"Lo haré." Pero en cuanto miró hacia la entrada del salón, donde una docena de hombres Burnett montaban guardia, su expresión se ensombreció. También recordó la cantidad de hombres armados que había en el patio. No había forma de abrirse paso a la fuerza.

"Sin embargo, hay complicaciones que debemos resolver."

Volvió a mirar hacia la puerta. Tess siguió la dirección de su mirada.

"Debes quedarte aquí esta noche con tu madre. Quizá, si volvieras a hablar con ella cuando las cosas se hayan calmado... después de que yo me haya marchado del castillo."

"¿Y tú? ¿Dónde estarás?"

El criado que debía acompañar a Tess escaleras arriba se acercó a ellos. Colin no tenía duda de que todo lo que dijeran sería transmitido a lady Evelyn.

"Volveré a las Highlands."

Tess se mordió el labio, pero aun así no pudo contener un sollozo. Él la atrajo con fuerza entre sus brazos.

Sus palabras fueron un susurro áspero junto a su oído:

"Haré que te llegue un mensaje, mañana o pasado, como mucho. No abandonaré los Borders sin ti, aunque tenga que asediar este castillo yo mismo."

Tess asintió con un leve gesto, pero cuando se separaron, la tristeza seguía reflejada en su rostro.

Capítulo Diecisiete

"Jenny, la sirvienta, era pequeña y delgada, y apenas pronunció dos palabras mientras conducía a Tess por una escalera de piedra serpenteante hasta la alcoba que le habían asignado.

"Te subirán tus cosas." El criado se retiró sin miramientos hacia la puerta.

"¿Puede venir alguien después para indicarme el camino a la habitación de lady Evelyn?", llamó Tess.

"Mandará a buscarte cuando lo crea necesario", respondió secamente la mujer desde el rellano. Sin decir nada más, desapareció por la escalera.

Tess se preguntó si realmente alguien intentaría detenerla si bajaba corriendo los escalones y salía al patio. Tal vez Colin aún no se había marchado. Se dirigió rápidamente hacia la puerta, pero se detuvo al oír pasos. Un segundo después, dos hombres corpulentos aparecieron por el recodo. Uno llevaba su pequeño baúl. El otro colocó una antorcha en el aplique del rellano y se quedó allí, sin moverse, incluso después de que su compañero dejara las pertenencias de Tess en la habitación y bajara las escaleras sin decir una palabra.

El guardia la observaba sin expresión alguna. Estaba claro: era una prisionera.

La promesa de Colin de enviarle un mensaje, de no regresar a las Highlands sin ella, era la única chispa de esperanza que Tess conservaba mientras cerraba la puerta de su pequeña habitación.

El único mueble era una cama, y una estrecha saetera en la pared hacía las veces de ventana. La abertura estaba cubierta por un trozo de piel que se agitaba con la fría brisa. El suelo de madera ni siquiera tenía juncos.

Tess había dado un paso hacia su baúl cuando oyó cómo caía una barra del pestillo, desde el exterior. Se giró y trató de abrir la puerta, en vano.

En efecto, su madre la tenía prisionera.

***

"¿SE HAN IDO LOS HIGHLANDERS?"

"Así es, mi señora. Y como ordenasteis, una compañía de hombres de sir David los sigue para asegurarse de que no regresen sin vuestro conocimiento."

"Muy bien. Ahora ve a llevarle algo de comida." Evelyn se dirigió con impaciencia a Jenny, sentada ante el gran espejo, mientras otra criada le cepillaba el cabello. "Y asegúrate de que tenga un brasero en su alcoba y agua para lavarse... si lo pide."

"Quería veros", comentó Jenny.

"Más fuerte. Cepíllame con más fuerza", ordenó Evelyn, ignorando el comentario.

"Cree que la mandaréis a buscar esta noche", insistió la criada.

"Pues se equivoca. No tendré nada que ver con ella hasta que regrese sir David." Evelyn se tocó las ojeras con fastidio. Las comisuras de sus labios carnosos estaban marcadas por sombras. Su mandíbula estaba rígida. Sus ojos azul pálido parecían apagados. Parecía envejecida, y todo por culpa de Theresa.

"¿Qué debería decirle?"

"Que está siendo castigada por su cruel comportamiento hacia mí." Evelyn se encontró con la mirada de la vieja sirvienta en el espejo. "Dile que toda misericordia está en manos de sir David Burnett. Y que más le vale mejorar sus modales antes de que se encuentre con él."

"¿Y si le digo que vuestra señoría la mandará a buscar cuando esté lista?"

Evelyn se giró bruscamente para reñir a la anciana, pero Jenny ya se había escabullido de la habitación.

"¡Que el diablo te lleve a ti también!", murmuró con dureza. "Ya verás cuando sir David se entere de tu insolencia."

LA TENUE luz gris del amanecer se filtraba por la angosta ventana, y Tess se abrazó con más fuerza las rodillas. Una bandeja de comida intacta seguía sobre el baúl a los pies de la cama. Su ropa de viaje, que ella misma había lavado, colgaba de una percha en la pared. El orinal y la palangana seguían en su lugar.

La noche anterior, Tess había esperado hasta que se extinguieron todos los sonidos del castillo para rendirse a la evidencia: su madre no mandaría a buscarla. El resto de la noche la pasó despierta, contemplando el resplandor rojizo de las brasas y tratando de encontrarle sentido a su situación.

Durante los años en la Isla de May, su infancia era un recuerdo nebuloso. Pero ahora lo veía todo con claridad. Su niñera, Elsie, había sido quien la crió. El papel de lady Evelyn había sido el de criticar, corregir, reprochar constantemente y enumerar a diario los defectos de Sir Stephen. Su madre era infeliz entonces, y Tess suponía que poco había cambiado con el paso de los años.

Pero ¿qué planeaban hacerle ahora? ¿Por qué la tenían encerrada? Jenny y otra criada le habían llevado comida, agua y el brasero, pero ninguna había dicho una sola palabra. Jenny se negó a responder sus preguntas.

Su mayor temor era por Colin. ¿Y si también lo habían encerrado? Peor aún... ¿y si le habían hecho daño?

Una pesada puerta chirrió en alguna parte de la escalera. Momentos después, escuchó fragmentos de una conversación al otro lado. Tess apoyó los pies en el suelo helado y miró ansiosa hacia la puerta.

Tras lo que pareció una eternidad, la barra del otro lado se levantó y Jenny entró. Cerró la puerta tras de sí.

Llevaba una fuente que colocó junto a la comida sin tocar. Recorrió la habitación, revisó el orinal, echó un bloque de turba al brasero.

"Buenos días", dijo Tess, procurando no mostrar hostilidad. Sabía que aquella mujer no era culpable de su encierro.

En lugar de responder, la criada lanzó una mirada fugaz a la puerta e hizo un gesto que advertía que podían estar escuchando. El corazón de Tess se animó. Quizá tenía una aliada.

Mientras avivaba la llama del brasero, Jenny le hizo una seña para que hablara. Tess asintió.

"Mira", dijo en voz alta, "ya he esperado bastante. ¿Por qué me retienen así?"

"No sabría decirle, señora", respondió Jenny en voz normal, y luego bajó el tono a un susurro. "Tu Highlander ha vuelto. Dice que te esperará mañana al amanecer, más allá de la aldea, un poco río arriba... en el lugar donde detuviste el caballo cuando viste el castillo por primera vez."

"¿Cómo voy a salir de aquí?", murmuró Tess.

"Tú y yo intercambiaremos lugares cuando traiga la comida en la mañana. El guardia que vigila esta noche..." Señaló la puerta. "...es aficionado a la cerveza y a dormir. A esa hora, nadie te detendrá si bajas las escaleras, sales por la cocina y vas directo a la aldea. A esas horas, hay movimiento de criados y jornaleros por todas partes."

"Bendita seas, Jenny." Tess le apretó la mano con fuerza. "¿Puedo hacer algo por ti?"

"Tu Highlander ya me ha pagado generosamente, señora. Y llevo el tiempo suficiente con tu madre para saber que estarás mucho mejor lejos de aquí." El rostro de la anciana se volvió grave. "Pero asegúrate de salir antes de que llegue sir David. Ese hombre puede ser muy feroz, y tengo el presentimiento de que no te va a gustar nada."

"Es Theresa, te lo aseguro. Esa criatura es mi hija."

"¿Y?", replicó con indiferencia sir David Burnett, mirando a Evelyn, que se paseaba impaciente ante él. Había llegado al anochecer, un día antes de lo previsto, y apenas pudo instalarse para cenar cuando le dijeron que lady Evelyn deseaba hablar en privado de inmediato.

"Haz con ella lo que debas", espetó ella con dureza, volviéndose hacia él. "Es igual de despreciable que su padre. En el rostro, en los modales, en su arrogancia. Por mí, mándala al infierno."

"Ya no es tan sencillo", dijo él pensativo, rascándose la barba.

"Entonces hazlo sencillo", replicó ella con altivez. "Y hazlo ahora, porque no quiero verla, ni hablarle, ni tener nada que ver con ella. Anoche no pude dormir. Y todo el día he tenido visiones de ese bruto de Stephen, apareciendo de la nada ante mí. Entiérrala viva. Ahógala si quieres, pero..."

El agarre de David fue inmediato y brutal cuando le sujetó la muñeca. De un solo movimiento, la atrajo contra su cuerpo.

"Cuida tu lengua", gruñó cerca de su rostro. "Te comportas como una loca. No permitiré que hables de muertos que regresan. Y te advierto que, después de la forma en que recibiste ayer al joven Macpherson, podrías encontrar mi cabeza en una pica si alguien te oye decir semejantes cosas."

"¡Ese asqueroso Highlander merecía ser...!"

"Ese asqueroso Highlander, como tú le llamas, resulta ser primo de la propia reina. Ese asqueroso Highlander es hijo de los clanes más poderosos de Escocia."

"¡Cómo te atreves a tratarme así!", siseó ella, apartándose con violencia. "Pero eso no cambia nada, ¿verdad? Estaba mejor en aquella isla. Pero ahora que está aquí, no puede irse jamás. Y los dos sabemos por qué."

David la observó fijamente. "No le pasará nada mientras esté bajo mi protección."

"¿Qué quieres decir?", escupió Evelyn entre dientes apretados. "¿Quieres que la mande llamar ahora? ¿Dudas acaso que reconocerá el rostro del asesino de su padre?"

Tess dejó de pasearse en cuanto oyó pasos subiendo por la escalera. Un momento después, el pestillo se levantó.

Jenny se deslizó dentro, cargando un orinal limpio. De inmediato, Tess notó que algo no iba bien. La anciana le hizo una seña para que se apartara de la puerta.

"Está aquí, ama. Él y sus hombres regresaron hace una hora."

"¿Sir David?", susurró Tess, y la criada asintió con nerviosismo. Tenía muchas preguntas, pero comprendía que no era el momento. Preguntas como: ¿cómo podía ser que sir David resultara aún peor que su madre?

"Será mejor que os vayáis esta noche. No sabemos a dónde os trasladarán ni quién quedará a cargo de vos." Su voz se hizo aún más baja, y sus ojos reflejaban auténtico temor. "Es un demonio, ama. De formas que no podéis imaginar. Mañana podría ser demasiado tarde."

"Dijiste que Colin me esperaría al amanecer. ¿Puedo salir del castillo esta noche?"

"Sí... si os dais prisa. No sé si vuestro muchacho ya está allí o si llegará por la mañana, pero pasar la noche en el bosque es mucho más seguro que permanecer aquí."

El nerviosismo de Jenny se le contagió a Tess. Mientras la sirvienta le explicaba de nuevo el plano del castillo, ambas se cambiaron rápidamente de ropa.

"¿Estás segura de que no te harán daño?", preguntó Tess mientras Jenny le colocaba el orinal lleno en las manos y le acomodaba el pañuelo sobre la frente.

"No, señorita." Tomó el lavabo. "Pero para cuando lleguen, tendré un buen moretón donde me diste con esto. Todo parecerá culpa tuya."

Jenny golpeó suavemente la puerta y retrocedió. Tess tenía el corazón en la garganta cuando esta se abrió apenas un resquicio y un guardia corpulento se asomó. Jenny alzó el orinal y lo miró sin pronunciar palabra. El hombre le hizo una seña para que pasara.

Sin detenerse a respirar, Jenny cruzó el rellano. Tess, siguiendo las sombras más allá de la única antorcha de la pared, pasó rozando al guardia y bajó en silencio las estrechas escaleras. Unos peldaños más abajo, oyó voces en el vestíbulo inferior. Estuvo a punto de tropezar, pero logró sostener la maceta en el último momento y continuó.

Al llegar a una puerta arqueada en la base de la torre, reconoció la que Jenny le había señalado como salida. Pero cuando se disponía a correr hacia ella, se echó atrás de un salto, aplastándose contra la pared al ver entrar a un criado fornido con una bandeja de comida.

"¡Ya era hora de que aparecieras!", refunfuñó el hombre en voz alta. "Lleva esto con los demás. Vamos, toma la bandeja y coge esto otro. Y presta atención, inútil."

Dos criados más entraron tras él con vino y más comida, y se armó un atasco en el estrecho rellano. Pero, momentos después, Tess sintió el peso de la bandeja entre sus manos.

"Rápido. No le gusta esperar."

Una sensación de espanto la invadió, helándole hasta el centro. El criado del vino se adelantó, el otro la empujó por detrás.

Y en ese instante, Tess supo exactamente lo que se siente al caminar hacia la horca.

Capítulo Dieciocho

"No puede ocurrirle nada mientras esté bajo mi protección", repitió David, con un tono que dejaba claro el peligro que implicaba su posición. "Los Macpherson traerían hasta mi puerta a las mismísimas legiones del infierno. Me acusarían de asesinato y lograrían hacerme responsable. No correremos ese riesgo."

"Todo esto es culpa de ese asqueroso Highlander. Habríamos podido decir que nunca llegó aquí, de no ser por él", replicó Evelyn, lanzándole una mirada acusadora. "Tus hombres deberían haberla eliminado cuando iban de camino."

"Lo intentaron, pero la maldita muchacha escapó de la cabaña en llamas."

Guardaron silencio al oír un golpe.

"Vuestra cena, sir David", anunció un criado, empujando la puerta para entrar.

Evelyn se deslizó hasta la ventana. Afuera ya había oscurecido. Un escalofrío la recorrió cuando entró una brisa helada. Tenían que deshacerse de Teresa. Y debían hacerlo pronto.

Recibir la carta anunciando que Theresa estaba viva ya había sido bastante malo. Pero verla con sus propios ojos la noche anterior la había desestabilizado por completo. Sentía que su mundo se desmoronaba una vez más.

Sí, todo volvía a repetirse. Dieciocho años atrás, Evelyn había amado a

David Burnett, pero nadie había escuchado sus súplicas ni sus lágrimas. Nadie quiso creer que él era el único hombre que podía amar, el único con quien deseaba compartir su vida. No le importaba que no fuera rico. Era un guerrero, y sabía que encontraría su lugar en el mundo. Incluso sus propias hermanas se pusieron del lado de su padre y la traicionaron.

Así que Evelyn fue enviada a las Highlands, llena de amargura y decidida a no permitir jamás que nadie a su alrededor encontrara la felicidad. Si ella había sido forzada a una vida de miseria, se aseguraría de que todos compartieran su infierno.

Pero no fue suficiente.

A medida que Stephen pasaba cada vez más tiempo al servicio del rey, Evelyn comenzó a verse en secreto con David otra vez. Él aún la amaba. No la había olvidado. Nunca se había casado. Fue entonces cuando trazaron su plan.

Once años atrás, Evelyn consideraba a Theresa suya. La niña, de apenas seis años, era impresionable, y Evelyn pensaba moldearla a su antojo. Si todo hubiera salido como planearon, se la habría llevado a los Borders. Pero esa fue la única parte del plan que falló.

Y David estaba seguro de que la niña había visto su rostro.

Haber creído durante años que la niña estaba muerta había sido un alivio. Pero anoche, al mirar los ojos de su hija, Evelyn se sintió enfrentada a los fantasmas de su pasado.

Theresa Catherine era la hija de *él*. Y en ella, él vivía otra vez.

Un estrépito la sacó de sus pensamientos. Una bandeja cayó al suelo, esparciendo la cena a un paso de la mesa donde David acababa de sentarse. Una criada, con la cabeza baja, recogía apresuradamente los restos. Otro sirviente la maldecía en voz baja y mandó a las otras dos mujeres de regreso a la cocina por más comida.

Los ojos de Evelyn se clavaron en la torpe criada. Un mechón de cabello oscuro se había soltado del pañuelo. Alcanzó a ver un rostro joven, labios carnosos, y la rápida mirada al borde de la mesa, justo donde David apoyaba la mano mutilada.

Evelyn dio un paso, pero se detuvo al ver cómo David se incorporaba lentamente. Su expresión le confirmó que él también la había reconocido.

"Le dije a la cocinera que mandara a Jenny", murmuró una de las sirvientas al agacharse junto a la joven. "No sé en qué estaba pensando, enviando a la nueva con la comida del amo. ¡Apresúrate, muchacha torpe! Sal rápido... y llévate este desastre contigo."

Evelyn frunció el ceño al verlas arrodilladas. Era el vestido de Jenny.

Esa vieja insensata había llevado a Tess a su alcoba. Le había servido la comida. Y ahora la ayudaba a escapar.

Evelyn sintió hervir la sangre de la traición. Dio otro paso. Podía acabar con eso ahora mismo. Abrió la boca para hablar, pero David levantó una mano. Con un gesto apenas perceptible, le indicó que esperara.

Theresa recogió la bandeja y se dirigió tambaleante hacia la puerta.

"Déjala ir", dijo David en voz baja. "Está yendo justo donde la quiero: corriendo tras su Highlander, con testigos que juren que escapó por su propia voluntad. Fuera de este castillo, ya no estará bajo mi protección... y entonces nuestros problemas se habrán resuelto."

CON EL CORAZÓN golpeándole en los oídos, Tess descendió corriendo los escalones.

Él venía por ella. El asesino de su padre. El protector de su madre. Ahora todo cobraba sentido. Iban a matarla. Ella lo había visto todo.

¿Pero la habían reconocido?

Al pie de la escalera miró confusa la bandeja en sus manos. No podía correr con ella por el patio. Pero tampoco podía arriesgarse a ir a la cocina.

"Déjamela a mí, ama." La voz baja y serena de la sirvienta la sobresaltó. No se había percatado de que la mujer la había seguido.

"Corre hacia la puerta, antes de que noten algo."

Tess se quedó paralizada un segundo, impactada por el gesto de aquella desconocida. Todos en ese castillo parecían conocer el veneno de Evelyn. Todos deseaban ayudarla a escapar. Soltó la bandeja en manos de la mujer.

"Colócate bien el pañuelo sobre los ojos. Camina rápido y no respondas a ninguno de los malditos guardias. Al salir por el puente levadizo, toma el camino al pueblo, pero gira a la derecha en la bifurcación. Desde allí podrás cortar por el bosque hasta el río."

La mujer lanzó una mirada nerviosa a la escalera. "Corre. Ya oigo pasos."

"Gracias", susurró Tess, y empujó la puerta.

El cielo estaba oscuro y denso, pero al menos no llovía. Sus pies se hundieron en el barro, pero no le importó. Vio a unos trabajadores cruzar el patio y se unió discretamente a ellos, unos pasos atrás. Resistió el impulso de correr, mantuvo la cabeza baja, aunque sentía que todos sabían quién era.

Las últimas veinticuatro horas le habían dado tiempo para aceptar el odio de su madre. No había sido su culpa. Pero tampoco pensaba vivir bajo esa sombra. Y ahora, tras descubrir la verdad, un nuevo fuego ardía en su interior: venganza. Iba a vengar a su padre. Pero primero, tenía que escapar.

Al pasar por la puerta, algunos soldados le dirigieron palabras groseras, pero Tess los ignoró. Fuera de la muralla, aminoró el paso, dejando que el grupo se adelantara. Al encontrar el desvío señalado, cortó campo hacia el bosque.

Apenas penetró entre los árboles, la oscuridad la envolvió. Todo parecía acecharla. Cada sonido le helaba la sangre.

Pero nada era peor que el monstruo que dejaba atrás.

Con pasos cautelosos, buscó un sendero y trató de orientarse hacia el río. Si lo encontraba, bastaría con seguirlo hasta el lugar de encuentro con Colin al amanecer.

Una rama crujió detrás de ella. Se detuvo en seco. Miró, pero no vio nada.

Se apartó del camino y esperó. Nada.

Aun así, la piel de su espalda se erizó. Estaba sola. Desconocía el terreno. No podía defenderse.

Se agachó, tanteó el suelo y tomó un palo. Se irguió, temblorosa, pero decidida.

No dejaría que la atraparan.

Poco después, oyó el murmullo del agua. El río estaba cerca.

Debía elegir. Y rápido. David y Evelyn no tardarían en notar su ausencia. Tal vez ya habían descubierto a Jenny en su lugar.

Detrás de ella, en el sendero, se oyeron fuertes pisadas. Había alguien en el bosque. Tess contuvo la respiración, paralizada. Escuchó más pasos, y el murmullo de voces masculinas, tenues, pero cercanas. Los Burnett la estaban persiguiendo.

Sin embargo, antes de moverse, un pensamiento se le impuso con fuerza. ¿Por qué susurraban? ¿Por qué moverse en secreto? Si eran hombres de Sir David, ¿por qué no antorchas? ¿Por qué no desplegar tropas abiertamente?

Podían ser Colin y sus hombres. Podían estar ocultos en esos mismos bosques. Una oleada de alivio le recorrió el cuerpo, y se dispuso a llamarlos...

Pero se detuvo.

Quienquiera que fuese, se acercaba con sigilo. El vello de su nuca se erizó. Guiada por el instinto, se apartó del sendero y corrió entre los árboles, lejos del sonido. Las zarzas le desgarraban el vestido, las ramas jóvenes le golpeaban el rostro, pero no miró atrás. Corrió a ciegas entre la oscuridad de un claro.

Ya no sabía dónde estaba ni en qué dirección se movía. El bosque se cerraba a su alrededor, y el latido de su corazón le nublaba los oídos. Su energía se extinguía. Los sollozos subían por su garganta, ahogándola. Pero seguía corriendo.

No vio al hombre hasta que chocó de lleno con él. Unas manos huesudas la sujetaron por los brazos. Sintió en la piel los dedos ausentes de su mano derecha.

Intentó gritar, pero el terror le aprisionaba la garganta.

"Por fin nos conocemos", dijo él, con una voz baja, sin emoción. "Y te agradezco que me hayas facilitado tanto las cosas."

Tess le sostuvo la mirada. Esos ojos oscuros. Pero ya no sentía miedo. No pensaba en la muerte. Sólo ira. Una ira feroz por la injusticia que nunca se repararía.

"¿Por qué?", susurró con frialdad. "¿Por qué mataste a mi padre? Podías haberle arrebatado todo. ¿Por qué asesinarlo a sangre fría?"

"Quien a hierro mata, a hierro muere", replicó Burnett sin rodeos. "La espada era su camino. Muy valiente, muy orgulloso. Jamás habría aceptado que Evelyn lo abandonara. Era su honor, su nombre."

"Así que lo mataste."

"Se la llevó contra su voluntad. Yo la recuperé. Era mi deber. Era la vida que conocíamos."

"Lo apuñalaste por la espalda."

Burnett desvió la mirada.

"Llámame malvado si quieres, pero él y yo no éramos tan distintos. Vivíamos con la espada."

"Eso es mentira."

"Él mató por su rey. Yo por justicia."

"¿A eso llamas justicia?", Tess se debatió entre sus brazos. "¿Perseguirme por el bosque? ¿También me apuñalarás a mí por la espalda y lo llamarás justicia?"

Él sonrió con dureza.

"Así lo verán cuando sepan que ahorqué a los forajidos que mataron al joven Macpherson y a sus hombres... y a la única hija de lady Evelyn. Muchos en Ninestane jurarán que una muchacha necia huyó para reunirse con su amante Highlander."

"Colin", jadeó Tess, el estómago revuelto por la náusea.

"Mientras hablamos, mis hombres están degollando a tus montañeses. Pero no temas, morirán dormidos."

Tess se volvió loca. Pateó, golpeó, rasguñó como una fiera.

"Te mataré con mis propias manos si le haces daño. ¡Por la sangre de San Adrián, te haré pedazos y te usaré de cebo!"

Él intentó sujetarla con la mano mutilada mientras con la otra buscaba su daga. Tess le mordió con fuerza el pulgar. Burnett rugió. Furioso, la abofeteó. El golpe la lanzó contra un árbol, donde su cabeza chocó con violencia.

Luces explotaron en su mente. El bosque giraba en espiral. Cayó al suelo, sin fuerzas.

A través del velo de negrura, vio cómo él desenvainaba la daga y se acercaba.

Y entonces, antorchas. Entre los árboles.

"¡No estaban allí, mi señor!"

"¡Rollos vacíos! ¡Paja y mantas!"

"¡Ni un maldito Highlander a la vista!"

Las voces urgentes de sus hombres desviaron la atención de Burnett.

"¿Qué significa eso?"

"Los caballos seguían atados", respondió uno.

"Silencio", susurró una voz, tan baja que Tess creyó haberla imaginado.

Entonces, unos brazos fuertes la rodearon por la cintura y la arrastraron suavemente. Giró la cabeza.

Colin.

Burnett se volvió justo entonces. Su grito furioso rasgó la noche.

"¡Detenedlos! ¡Matadlos!"

Los Lowlanders corrieron con las espadas alzadas.

Tess, atónita, vio salir a los hombres de Colin de entre los árboles, como sombras de guerra. Las primeras flechas derribaron a la vanguardia de los Burnett. El resto se vio atrapado en un torbellino de acero.

Colin se incorporó y clavó una mirada asesina en el hombre que se acercaba.

"Es él", susurró Tess, temblando. "Él mató a mi padre."

Se sostuvo como pudo en el tronco del árbol, sin apartar los ojos de los dos hombres.

Las espadas chocaron con furia. El claro resonó con el canto del acero. Tess rogaba en silencio.

Por favor, Dios. No dejes que le hagan daño.

Entonces, con horror, vio que Colin tropezaba. Burnett se lanzó hacia él, la espada alzada.

Tess, sin pensar, se impulsó desde el árbol y se arrojó contra Burnett.

Él perdió el equilibrio y cayó sobre Colin.

El cuerpo del asesino se retorció y luego quedó inmóvil.

Tess parpadeó. Colin estaba de rodillas, cubierto de sangre.

Y luego todo se volvió negro.

Capítulo Diecinueve

DESDE LA MAGNÍFICA vista que ofrecía la alta ventanilla, Tess admiraba las exuberantes tierras de labranza, las amplias extensiones de bosque y los páramos rocosos de las Highlands que rodeaban la fortaleza fronteriza. Estaba en el castillo de Roxburgh, a apenas dos horas a caballo de Ninestane, un lugar donde Colin sabía que estaría a salvo. Roxburgh pertenecía a Ambrose Macpherson, su tío, le había dicho Colin. Alzó la vista hacia el cielo azul y respiró el aire fresco de la primavera.

"¿Ya estáis lista para comer?"

Tess se volvió y sonrió al ama de llaves, que conducía a la habitación a un doméstico con una bandeja de comida.

"Ina, no hace falta que me sirvas así. Estoy lo bastante bien como para ir al Gran Comedor."

"Bueno, las órdenes del maestro Colin fueron que obedecierais al abad y permanecierais en cama esta semana." El ama de llaves empezó a disponer la comida en una mesa junto a la ventana. "Os he dejado salir de la cama, pero aún estáis débil y necesitáis recuperar fuerzas antes de que vuelva."

Antes de que vuelva.

Le encantaba el sonido de esas palabras. En su mente lo vio regresando de Stichel, donde había llevado a Lady Evelyn.

Tess contempló una colina lejana. David Burnett estaba muerto. Había caído sobre la daga de Colin. Aquella misma noche, el castillo de Ninestane fue asediado por Colin y una compañía de Macphersons reunida en Roxburgh. Con su líder muerto, hubo poca resistencia. Pero tratar con Evelyn fue más difícil. La madre de Tess había enloquecido al enterarse. En un arrebato de desesperación, habría saltado desde la torre si Colin no la hubiera retenido.

El Consejo de Regentes de Escocia, reunido en Berwick junto a funcionarios ingleses, decidió el destino de Evelyn esa misma semana: debía ser enviada lejos, donde no pudiera hacer daño a nadie, y vivir el resto de sus días en soledad. La propia Evelyn eligió el convento de Stichel.

Tess había estado recuperándose en Roxburgh durante todo ese tiempo, y su madre se negaba a verla o hablarle. Desde la muerte de Burnett, una extraña parecía habitar el cuerpo de Evelyn. Una mujer perdida, que afirmaba no haber tenido nunca marido ni hija. Pero aceptó la sentencia con serenidad. Planeaba llorar a su amante por el resto de su vida.

"Ahora no querrás meterme en problemas con ese guapo muchacho si vuelves a enfermar, ¿verdad?"

Tess se apartó de la ventana y sonrió al ama de llaves. "Vuelve hoy, ¿verdad?"

"Eso es lo que he oído." Ina empezó a servir la comida.

"No te está dando problemas, ¿verdad?"

La voz de Colin hizo que Tess diera un grito de alegría. "¡Has vuelto!"

Corrió a sus brazos y se encontraron en el centro de la habitación. Colin la alzó, la giró y la besó antes de que pudiera decir una palabra. Sólo se habían visto en breves momentos aquella última semana, y ella no podía creer lo mucho que lo había extrañado.

Pasó un buen rato antes de que Tess se liberara de su abrazo. Miró alrededor y descubrió que Ina ya se había escabullido.

"Gracias... por todo." Volvió a abrazarlo con fuerza.

"Tu madre parece cómodamente instalada en el convento."

"Gracias", susurró Tess, con tristeza. "Esa parte de mi vida quisiera olvidarla. No quiero volver a pensar en el engaño de mi madre... en su odio. No creo que vuelva nunca a los Borders."

"Puede que te sorprenda, siendo un Highlander, pero los Borders no tienen nada de malo." Le acarició el rostro, y sus ojos azules brillaron con ese destello pícaro que le aceleraba el corazón. "Lo que necesitas es reemplazar los malos recuerdos con buenos, mientras sigas aquí."

Sonrió al recordar su visita al castillo de Ravenie y cómo él la había conquistado. "Bueno, ya sé que eres experto en eso. Creo que jamás cruzaré las puertas de Ravenie sin pensar en ti."

Se sonrojó al recordar cómo la había besado aquel día. Había sido tan paciente y comprensivo.

"Quizá debamos hacer un pacto. Cada vez que uno de los dos esté preocupado, será deber del otro devolverle la sonrisa. Cuando uno enferme, el otro deberá devolverle la salud. Nuestra vocación será crear juntos buenos recuerdos... y conservarlos vivos el uno para el otro."

El corazón de Tess latía con tanta fuerza que temió que se le rompiera el pecho. "Me gustaría."

"¿Tal vez ese pacto deba durar... indefinidamente?"

Ella asintió, una vez, luego otra, y le sonrió. Una lágrima se escapó, luego otra. De pronto, se sintió abrumada por las emociones que brotaban desde lo más profundo de su ser. Se secó el rostro rápidamente. "Te amo, Colin. Nada me haría más feliz que hacer ese pacto contigo."

El Highlander la alzó en brazos y la hizo girar. "Y yo te amo a ti. Di que te casarás conmigo."

"Sí, Colin. Me casaré contigo", susurró ella cuando por fin se detuvo. Pero la risa en sus ojos fue reemplazada por una conciencia repentina cuando sus miradas se encontraron. "Pero dime que no estoy soñando."

"No estás soñando." Colin rozó sus labios con los de ella. "Tú y yo. Juntos para siempre. Por los siglos de los siglos."

Tess le rodeó el cuello y lo besó de nuevo. La felicidad que la recorría iba más allá de todo lo que jamás había imaginado. Un pensamiento la asaltó, y retrocedió apenas.

"¿Y tus padres? ¿Les importará que su hijo menor...?"

"Ellos ya lo saben. Estaba dispuesto a ponerte mi corazón en las manos antes de salir de las Highlands, pero, sabiamente, me sugirieron que esperara a que tu alma estuviera en paz respecto a tu madre."

No pudo evitar reír. "¿Eso significa que ahora conoceré al resto del clan Macpherson? Ina me ha hablado tanto de tus tías, tíos y primos..."

Los brazos de Colin la envolvieron aún más. "Y amigos. Y primos de amigos. Y antes de casarnos, seguro que conocerás a nuestros vecinos, a los primos de los vecinos y a los amigos de los primos de los vecinos..."

"Es maravilloso tener a tanta gente que te quiere y se preocupa tanto por ti que realmente quiere conocerme."

"Para ser sincero, todos vendrán a advertirte sobre el canalla con el que te vas a casar."

Tess le dio un beso en la barbilla. "Seguro que tus hermanos tendrán mucho que decir sobre eso."

"Tengo una idea."

"¿Qué pasa?", preguntó Tess.

"Antes de que lleguen", dijo Colin, alzándola del suelo con una sonrisa traviesa, "fuguémonos."

Gracias por leer *Tess y el Highlander.* Si te ha gustado, por favor, díselo a tus amigos o publica una breve reseña. El boca a boca es el mejor amigo de un autor... y se agradece mucho.

¿Qué leer a continuación? Tess y Colin aparecen en *El Problema de los Highlanders*, Libro 1 de La Trilogía de la Reliquia Escocesa.

Magia, mitos y pasión en las Highlands: un guerrero y su esposa mágica enfrentan un destino marcado por el amor y el peligro...

En una tierra donde la magia se entreteje entre antiguas piedras y los susurros de criaturas legendarias resuenan en las brumosas cañadas, Alexander Macpherson, un formidable guerrero de las Highlands, se enfrenta a su mayor desafío hasta la fecha: ha perdido el rastro de su encantadora esposa. Cuando aceptó tomar por esposa a la indomable Kenna MacKay para fortalecer el dominio de su clan en el norte, esperaba un período de adaptación. Lo que no esperaba era que la fogosa joven huyera en plena noche de bodas, dejando tras de sí un rastro de misterio y nostalgia.

Kenna MacKay creía haber hallado refugio entre los sagrados muros de un priorato, perfeccionando sus habilidades en las místicas artes de la curación. Pero el destino tiene otros planes. Secuestrada por su propio marido, es empujada de nuevo a un mundo donde las chispas vuelan y los temperamentos chocan. A medida que la apasionada batalla de voluntades se reaviva, también lo hace un amor tan profundo y salvaje como los lagos de las Highlands.

Pero las sombras del pasado de Kenna resurgen, cargadas de un secreto mortal que amenaza con destruir su floreciente romance. Con un villano despiadado cada vez más cerca, Alexander y Kenna deberán encontrar el coraje para enfrentar sus miedos más oscuros. Solo juntos, ejerciendo el poder de un amor eterno, podrán resistir las fuerzas que intentan separarlos.

Esta vez, Alexander está decidido: no volverá a perder a su novia mágica.

¡Esperamos que le eches un vistazo!

Nota del autor

Esperamos que te haya gustado la historia de Tess y Colin. Como siempre, hemos intentado describir un lugar y una época de manera que se mezclen lo real y lo imaginario de forma entretenida.

Y Escocia es un lugar tan especial. El castillo de Roxburgh y la isla de May y las ruinas de la capilla de San Adrián son lugares muy reales. De hecho, mientras investigábamos esta novela, descubrimos que recientemente se descubrió que la capilla de San Adrián era en realidad la capilla de un evangelista cristiano anterior llamado San Ethernan, que murió en el año 669 d.C. mientras trabajaba entre los pictos, un antiguo pueblo de Escocia que desapareció en la Edad Media. Su capilla, sin embargo, era un santuario favorito para los peregrinos, visitado tanto por campesinos como por reyes que viajaban hasta allí con la esperanza de curarse de todo tipo de dolencias. Hoy en día, la Isla de Mayo es uno de los lugares favoritos de los observadores de aves que hacen excursiones de un día.

Varios miembros del clan Macpherson que conociste en esta historia fueron presentados inicialmente en algunas de nuestras otras novelas románticas históricas. Si te interesa ver una especie de árbol genealógico más completo, hemos incluido una página para ello en nuestro sitio web.

Nos encantan las sagas familiares. Este libro forma parte de una serie más amplia de novelas que siguen al clan Macpherson a través de varias generaciones, empezando por *Una Boda de Verano,* una novela que relata la encantadora historia de los abuelos de Colin. El padre de Colin aparece en la galardonada *El Cardo y la Rosa,* y su madre y su padre se conocen en *Ángel de Skye.* Esa novela es la primera de una trilogía que narra el romance y las aventuras de tres hermanos, y *Tess y el Highlander* es una precuela de *El Problema de los Highlanders,* el primer libro de nuestra Trilogía de la Reliquia Escocesa. Tendrás otra oportunidad de visitar a Colin y Tess en esa emocionante historia. ¡Hay tanto que leer!

De hecho, hemos estado ocupados creando un vasto mundo interconectado de historias que abarcan siglos, desde las Tierras Altas medievales hasta la Inglaterra y Escocia georgianas, de la Regencia y victorianas.

Si te interesa leer más sobre nuestras aventuras en las Tierras Altas, aquí tienes una buena lista de títulos que puedes consultar:

Una Boda de Verano: la precuela de todos los cuentos de la serie Macpherson. Alexander Macpherson, el patriarca de la familia, encuentra a su pareja en Elizabeth Hay.

El Cardo y la Rosa - Mientras aún perdura el humo de la batalla del Campo de Flodden, se presentan Colin Campbell y Celia Muir, una mujer guerrera que tiene en sus manos el destino de Escocia. Esta historia está en la lista de "Los mejores romances históricos de todos los tiempos". *El Cardo y la Rosa* presenta a Alec Macpherson, hijo mayor de Alexander y Elizabeth.

Ángel de Skye - Alec Macpherson ha servido al rey Jaime con su espada. Ahora daría hasta su alma por proteger a Fiona Drummond del pasado que la persigue y de la intriga que podría cambiar el futuro de Escocia.

Corazón de Oro - Ambrose, el hermano menor de Alec, segundo hijo de la familia Macpherson, siente un ardiente deseo por Isabel Bolena, la exquisita hija natural de un diplomático inglés. Pero el odiado rey inglés también la desea, y no se detendrá ante nada para tenerla. Ambrose fue presentado en *Ángel de Skye.*

La Belleza de la Niebla - A John, el hermano menor de los Macpherson, le han encargado que traiga a casa a la prometida de su joven rey, pero en el camino rescata a la misteriosa María, a la deriva en el mar.

Los Prometidos - Malcolm MacLeod, pupilo de Alec Macpherson en *Ángel de Skye,* y Jaime Macpherson, hija de María Bolena (*Corazón de Oro*), tienen que encontrar el camino de vuelta a Escocia desde las mazmorras del rey Tudor.

Fuego - Gavin Kerr, introducido en *Corazón de Oro*, descubre que el castillo que le han adjudicado encierra más de lo que espera: el "fantasma" de la anterior propietaria, Joanna MacInnes, que recorre las torres quemadas y los pasadizos secretos.

Tess y el Highlander (Finalista del Premio RITA©) - Colin Macpherson, el hijo menor de Alec y Fiona (*Ángel de Skye*), llega a una remota isla de la costa de Escocia, donde encuentra a una joven solitaria, Tess Lindsay.

Trilogía del Tesoro de las Highlands:

La Soñadora - Cuando su difunto padre fue tachado de traidor al rey, Catherine Percy encuentra refugio en Escocia. Pero un caso de confusión de identidad la pone en una situación comprometida con John Stewart, el conde de Athol (*Fuego*).

La Encantadora - La sensata Laura Percy (la segunda hermana de los Percy) se refugia en las Tierras Altas, pero cuando es secuestrada por William Ross, el temible Laird de Blackfearn, todos sus planes bien hechos se desbaratan.

La Firestarter - Adrianne Percy (la menor de las hermanas Percy) está escondida en las Islas Occidentales, a salvo de los enemigos de su familia, hasta que sus hermanas envían a Wyntoun MacLean para que la devuelva a las Tierras Altas. Colin Campbell y Celia Muir (*El Cardo y la Rosa*) hacen su aparición en este emocionante final de trilogía.

La Trilogía de la Reliquia Escocesa:

El Problema de los Highlanders - Alexander y James Macpherson, los dos hijos mayores de Alec y Fiona (*Ángel de Skye*), se encuentran con más problemas de los que esperaban. Alexander quiere recuperar a su novia fugitiva, pero un secreto mortal del pasado de Kenna Mackay ha salido a la luz y un villano despiadado se está acercando.

Domar al Highlander (Finalista del Premio RITA©) - Innes Munro tiene la capacidad de leer el pasado de una persona con sólo tocarla. Conall Sinclair, el conde de Caithness, lleva cicatrices cortesía de los captores ingleses. Ambos se resisten a dejar que el otro se acerque, pero ninguno puede negar su creciente atracción.

Tempestad en las Highlands - Miranda MacDonnell naufraga en la mítica Isla de los Muertos con el notorio corsario Halcón Negro. Alexander Macpherson y Kenna Mackay (*El Problema de los Highlanders*) desempeñan un papel importante, y Gillie el Hada (*The Firestarter*) aparece en la novela mientras busca a su familia perdida.

Amor y Caos - Una divertidísima adaptación medieval de *Arsénico y Encaje Antiguo*, ambientada en parte en las Islas Occidentales, con la aparición de Alec y Fiona (*Ángel de Skye*).

Como autores, nos encantan los comentarios. Escribimos nuestras historias para nuestros lectores, y nos encantaría saber de ti. Ayúdanos a escribir historias que apreciarás y recomendarás a tus amigos. Suscríbete para recibir noticias y actualizaciones y síguenos en BookBub. Puedes visitarnos en nuestro sitio web.

Por último, necesitamos un favor. Si te apetece, nos encantaría recibir una reseña de *Tess y el Highlander*. Como ya sabrás, hoy en día es difícil encontrar reseñas. Tú, el lector, tienes ahora el poder de hacer o deshacer un libro. Si tienes tiempo, por favor, considera la posibilidad de publicar una en una de las principales tiendas o en el sitio de un grupo de lectura.

No dejes de leer *El Problema de los Highlanders,* Libro 1 de la Trilogía de la Reliquia Escocesa.

Sobre el autor

Nikoo y Jim McGoldrick, autores superventas del *USA Today,* han escrito más de cincuenta novelas trepidantes y llenas de conflictos, además de dos obras de no ficción, bajo los seudónimos de May McGoldrick, Jan Coffey y Nik James.

Estas populares y prolíficas autoras escriben novelas románticas históricas, de suspense, misterio, westerns históricos y novelas juveniles. Han sido finalistas del Premio Rita en cuatro ocasiones y han recibido numerosos galardones por sus obras, como el Premio Daphne Du Maurier a la Excelencia, el Medallón Will Rogers, el Premio de la *Revista Romantic Times,* tres Premios Golden Leaf de la NJRW, dos Medallones Holt y el Premio del Club de Prensa de Connecticut a la Mejor Ficción. Su obra forma parte de la colección Popular Culture Library del Museo Nacional de Escocia.

18TH CENTURY NOVELS

Secret Vows

The Promise (Pennington Family)

The Rebel

Secret Vows Box Set

Scottish Dream Trilogy (Pennington Family)

Borrowed Dreams (Book 1)

Captured Dreams (Book 2)

Dreams of Destiny (Book 3)

Scottish Dream Trilogy Box Set

REGENCY AND 19TH CENTURY NOVELS

Pennington Regency-Era Series

Romancing the Scot

It Happened in the Highlands

Sweet Home Highland Christmas *(novella)*

Sleepless in Scotland

Dearest Millie *(novella)*

How to Ditch a Duke *(novella)*

A Prince in the Pantry *(novella)*

Regency Novella Collection

Royal Highlander Series

Highland Crown

Highland Jewel

Highland Sword

Ghost of the Thames

CONTEMPORARY ROMANCE & FANTASY

Jane Austen CANNOT Marry

Erase Me

Tropical Kiss

Aquarian

Thanksgiving in Connecticut

Made in Heaven

NONFICTION

Marriage of Minds: Collaborative Writing

Step Write Up: Writing Exercises for 21st Century

NOVELS BY JAN COFFEY

ROMANTIC SUSPENSE & MYSTERY

Trust Me Once

Twice Burned

Triple Threat

Fourth Victim

Five in a Row

Silent Waters

Cross Wired

The Janus Effect

The Puppet Master

Blind Eye

Road Kill

Mercy (novella)

When the Mirror Cracks

Omid's Shadow

Erase Me

NOVELS BY NIK JAMES

Caleb Marlowe Westerns

High Country Justice

Bullets and Silver

The Winter Road

Silver Trail Christmas